PRESS PLAY

LE MAÎTRE DES OGRES

L'ÎLE DES OS

SCÉNARIO
Rodrigue

DESSIN
Cucca

COLORISTE
Valčić

LE LOMBARD
BRUXELLES

Merci à ma nouvelle équipe :
Michel, Robert Valčić, Pierre Frigau.
À ma famille et ma copine
Maria Cristina Federico.
Et tout particulièrement à Gauthier
et l'équipe du Lombard.

VINCENZO

Merci à Vincenzo.
Merci à Pietro pour sa disponibilité
et son aide.
Merci à toute l'équipe du Lombard.

MICHEL

Je remercie l'équipe éditoriale du
Lombard pour sa patience et sa
disponibilité, Mariacristina Federico
pour son aide sur les aplats.
Merci à Helena Milost, Luca Pisanu
et Igor Goby Tavcar.
Un merci particulier à Tommaso Renieri
et Emanuele Tenderini pour leurs
conseils techniques.

ROBERT

Première édition

Lettrage : Michel BRUN

D/2010/0086/236
ISBN 978-2-8036-2649-6

Dépôt légal : mai 2010
Imprimé en Belgique par Proost

LES ÉDITIONS DU LOMBARD
7, AVENUE PAUL-HENRI SPAAK
1060 BRUXELLES - BELGIQUE

WWW.LELOMBARD.COM

DÉPÊCHE-TOI, MATTEO ! IL FAUT RENTRER AVANT LA NUIT !
CÔTE MÉDITERRANÉENNE, 1650.
ET JE N'AIME PAS CE BROUILLARD !
KRASSSH !
AAAHH !
EYY !
JUSTE RETOUR DES CHOSES ! AH ! AH ! AH !
OUAIS ! CE SOIR, LES POISSONS MANGENT DU PECHEUR !

JE NE VOUS PAYE PAS POUR QUE VOUS VOUS AMUSIEZ !
TOUS AUX CHALOUPES ! PARÉS À ACCOSTER !
PRESS PLAY
EN SILENCE !
HO ! HO !
TANT PIS POUR LA SURPRISE !

APPROCHEZ, MES MIGNONS !
IL Y EN AURA POUR TOUT LE MONDE !
ALERTE ! FERMEZ LES PORTES !
TU AS RAISON ! VOILÀ CE QU'IL NOUS FAUT !

EN AVANT ! PAS DE PRISONNIERS !
KARNOS ! LÀ ! EN BAS DANS LA COUR !
HUM ! ÇA FAIT DU BIEN !

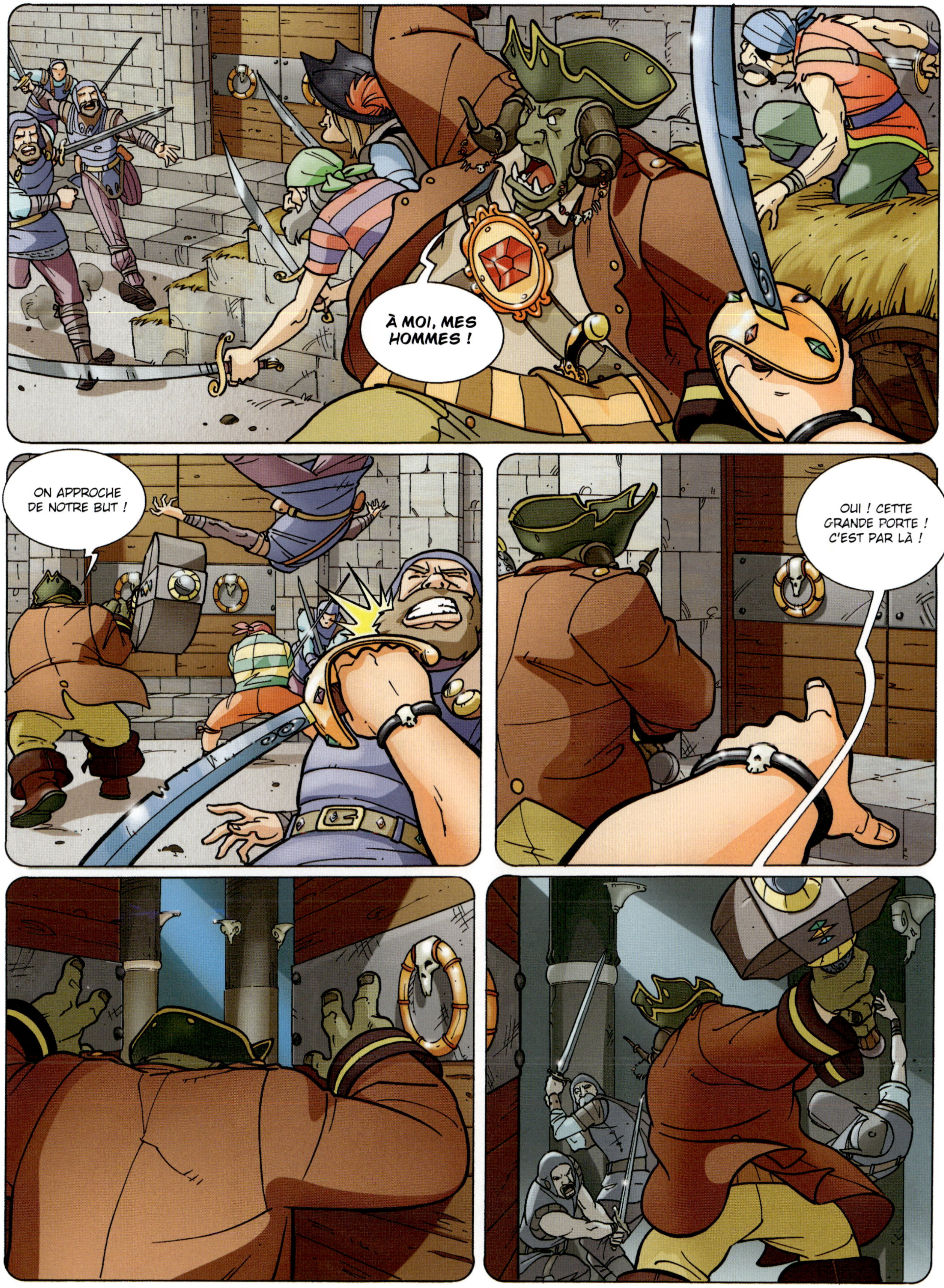
À MOI, MES HOMMES !
ON APPROCHE DE NOTRE BUT !
OUI ! CETTE GRANDE PORTE ! C'EST PAR LÀ !

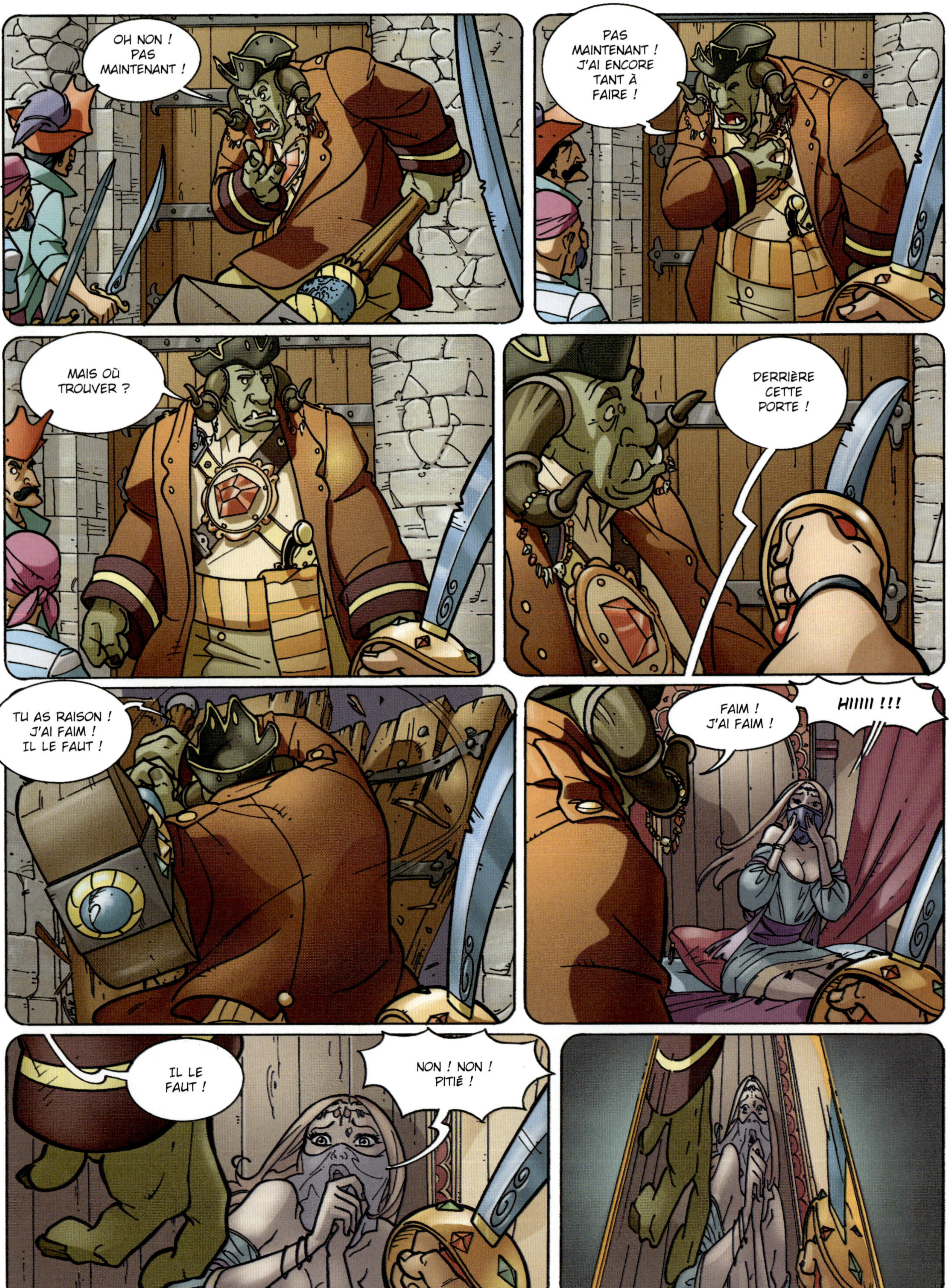
OH NON ! PAS MAINTENANT !
PAS MAINTENANT ! J'AI ENCORE TANT À FAIRE !
MAIS OÙ TROUVER ?
DERRIÈRE CETTE PORTE !
TU AS RAISON ! J'AI FAIM ! IL LE FAUT !
FAIM ! J'AI FAIM !
HIIIII !!!
IL LE FAUT !
NON ! NON ! PITIÉ !

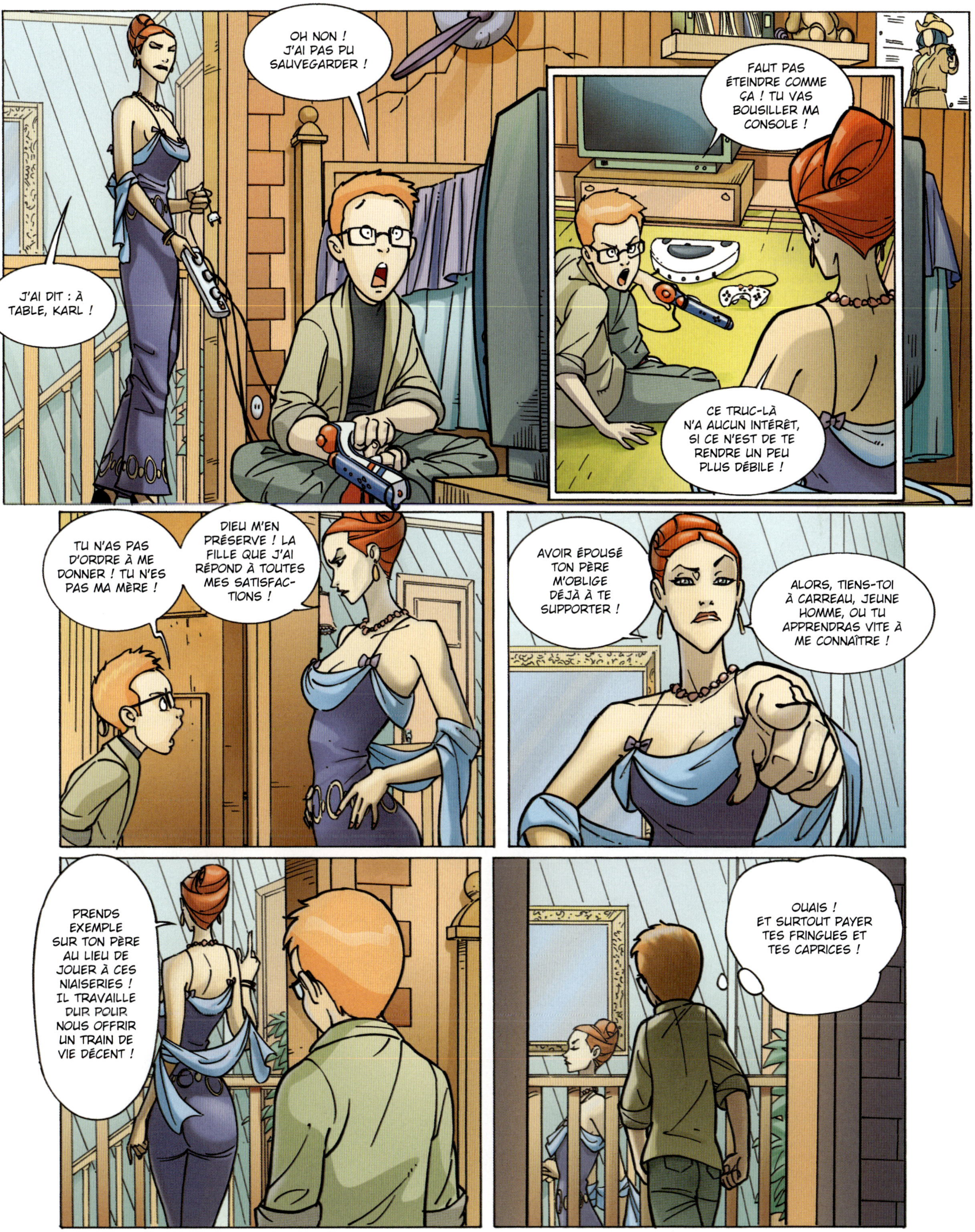
J'AI DIT : À TABLE, KARL !
OH NON ! J'AI PAS PU SAUVEGARDER !
FAUT PAS ÉTEINDRE COMME ÇA ! TU VAS BOUSILLER MA CONSOLE !
CE TRUC-LÀ N'A AUCUN INTÉRÊT, SI CE N'EST DE TE RENDRE UN PEU PLUS DÉBILE !
TU N'AS PAS D'ORDRE À ME DONNER ! TU N'ES PAS MA MÈRE !
DIEU M'EN PRÉSERVE ! LA FILLE QUE J'AI RÉPOND À TOUTES MES SATISFACTIONS !
AVOIR ÉPOUSÉ TON PÈRE M'OBLIGE DÉJÀ À TE SUPPORTER !
ALORS, TIENS-TOI À CARREAU, JEUNE HOMME, OU TU APPRENDRAS VITE À ME CONNAÎTRE !
PRENDS EXEMPLE SUR TON PÈRE AU LIEU DE JOUER À CES NIAISERIES ! IL TRAVAILLE DUR POUR NOUS OFFRIR UN TRAIN DE VIE DÉCENT !
OUAIS ! ET SURTOUT PAYER TES FRINGUES ET TES CAPRICES !

TIP...
TIIIIIP...
TIIIIIIIIIIIIIIIIIIIP...
TTIIIIIIIIIIIIIIIIIIIIIIIIPP...
ZIAAAF !
KARL ! J'AIMERAIS QUE TU AIES UN PEU PLUS DE RESPECT ENVERS HELEN !
ELLE A SUFFISAMMENT À FAIRE COMME ÇA !
MAIS, P'PA, C'EST ELLE QUI...
ET NE MENS PAS ! JE PARS CE SOIR POUR UN MOIS, ALORS JE VEUX QUE TU LUI OBÉISSES EN TOUT POINT ! MAINTENANT, FINIS TON REPAS ET MONTE DANS TA CHAMBRE !
C'EST TOUJOURS PAREIL ! IL N'Y EN A QUE POUR ELLE !
ET, EN PLUS, J'EN AI POUR DES JOURS À REMONTER TOUS LES NIVEAUX !

MAIS ! MAIS ! QU'EST-CE QU'IL S'EST PASSÉ ICI ?
HEUREUSEMENT, MA MANETTE N'A RIEN ! ELLE EST INTACTE !
KRAAAK!
AAAHH!
HEIN ?!
PETIT MAÎTRE !
COMMANDE ET NOUS T'OBÉIRONS, PETIT MAÎTRE !
IL EST MIGNON, LE PETIT MAÎTRE !
HEU...

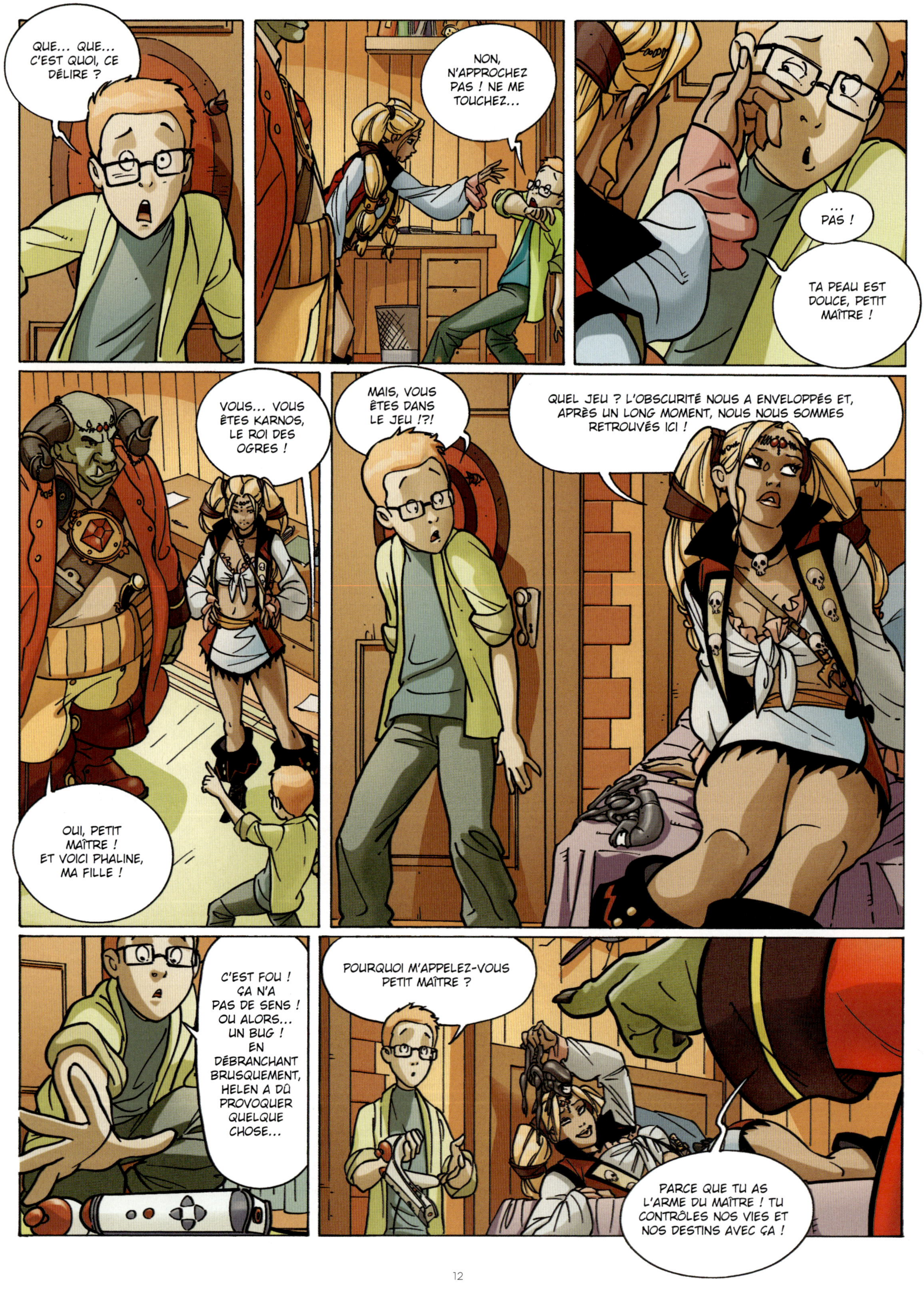
QUE... QUE... C'EST QUOI, CE DÉLIRE ?
NON, N'APPROCHEZ PAS ! NE ME TOUCHEZ...
... PAS !
TA PEAU EST DOUCE, PETIT MAÎTRE !
VOUS... VOUS ÊTES KARNOS, LE ROI DES OGRES !
OUI, PETIT MAÎTRE ! ET VOICI PHALINE, MA FILLE !
MAIS, VOUS ÊTES DANS LE JEU !?!
QUEL JEU ? L'OBSCURITÉ NOUS A ENVELOPPÉS ET, APRÈS UN LONG MOMENT, NOUS NOUS SOMMES RETROUVÉS ICI !
C'EST FOU ! ÇA N'A PAS DE SENS ! OU ALORS... UN BUG ! EN DÉBRANCHANT BRUSQUEMENT, HELEN A DÛ PROVOQUER QUELQUE CHOSE...
POURQUOI M'APPELEZ-VOUS PETIT MAÎTRE ?
PARCE QUE TU AS L'ARME DU MAÎTRE ! TU CONTRÔLES NOS VIES ET NOS DESTINS AVEC ÇA !

ÇA ? MA MANETTE DE JEU ? MAIS OUI, BIEN SÛR ! D'APRÈS LE SCÉNARIO, JE SUIS LE MAÎTRE ! LE MAÎTRE DES OGRES !
JE SUIS UN SAGE AUX POUVOIRS MAGIQUES, ÉCOUTÉ ET CRAINT PAR LA COMMUNAUTÉ DES OGRES !
KARNOS, VOUS AVEZ ÉTÉ DÉCHU DE VOTRE TRÔNE À L'ENLÈVEMENT DE VOTRE FILLE À SA NAISSANCE.
PARTI À SA RECHERCHE, VOUS ÊTES DEVENU UN PIRATE ERRANT !
POUR MOI, LE JEU... EUH, L'AVENTURE COMMENCE AU MOMENT OÙ VOUS ATTAQUEZ... EUH, NOUS ATTAQUONS LA CITADELLE !
LA CITÉ D'ÉLIAN ! C'EST CE FOURBE QUI A ENLEVÉ MA FILLE ! LA SITUATION N'AVAIT QUE TROP DURÉ !
J'AI APPRIS QUE PHALINE ÉTAIT ENFERMÉE ICI ! ÉLIAN VOULAIT EN FAIRE SA FAVORITE ! MAIS GRÂCE À TOI, PETIT MAÎTRE, J'AI PU LA RETROUVER !
MAIS QUE S'EST-IL PASSÉ QUAND VOUS ÊTES ENTRÉ DANS SA CHAMBRE ? VOUS AVIEZ FAIM ! VOUS CHERCHIEZ QUELQU'UN À MANGER !
J'AI TOUT DE SUITE RECONNU MA FILLE !
JE SUIS TON PÈRE ! NE CRIE PAS !
JE SUIS VENU TE CHERCHER ! CES VÊTEMENTS SERONT PLUS PRATIQUES QUE CES VOILES !
AAAHH !
N'AIE PAS PEUR ! JE SUIS LÀ !

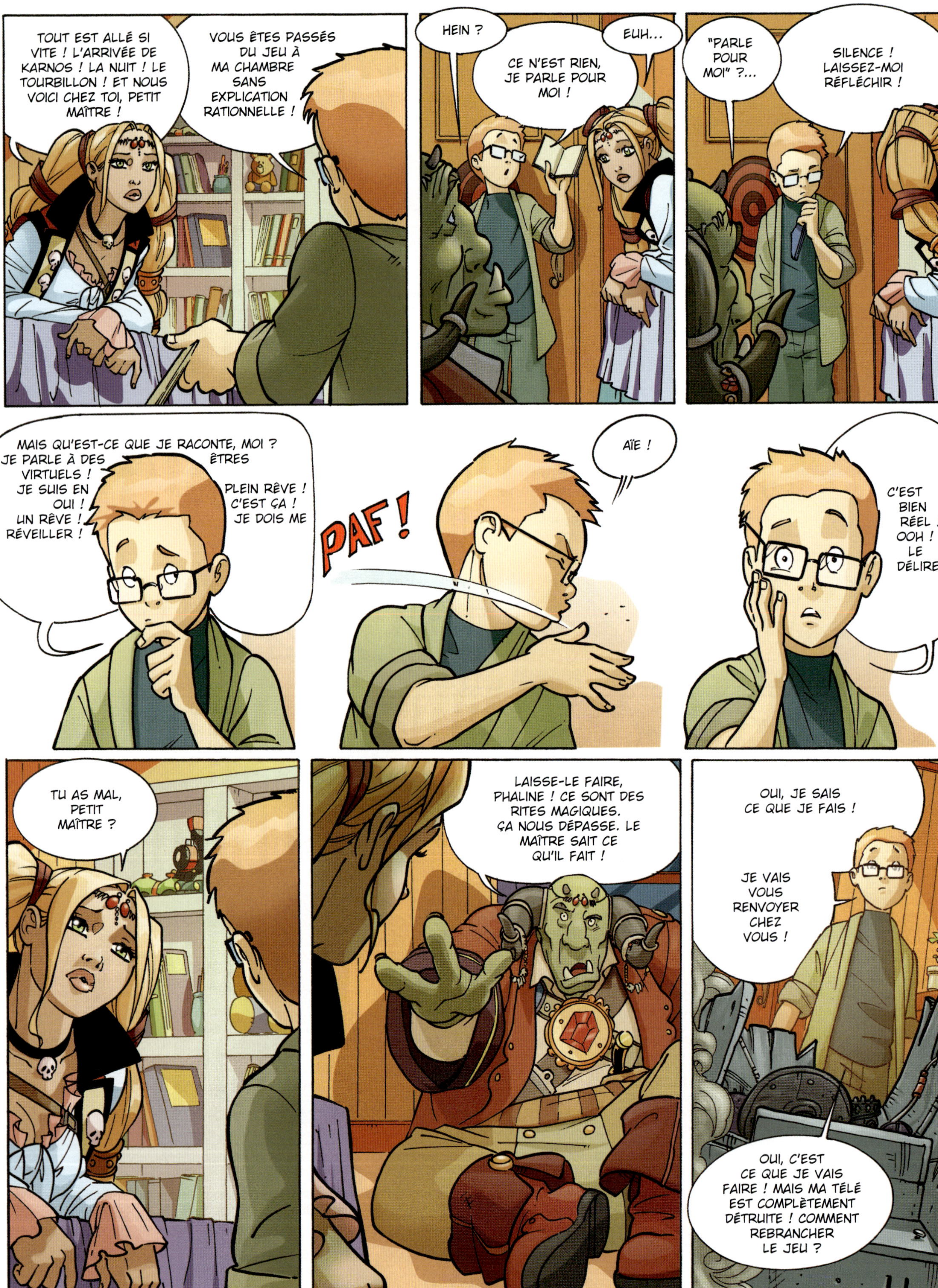
TOUT EST ALLÉ SI VITE ! L'ARRIVÉE DE KARNOS ! LA NUIT ! LE TOURBILLON ! ET NOUS VOICI CHEZ TOI, PETIT MAÎTRE !
VOUS ÊTES PASSÉS DU JEU À MA CHAMBRE SANS EXPLICATION RATIONNELLE !
HEIN ?
EUH...
CE N'EST RIEN, JE PARLE POUR MOI !
"PARLE POUR MOI" ?...
SILENCE ! LAISSEZ-MOI RÉFLÉCHIR !
MAIS QU'EST-CE QUE JE RACONTE, MOI ? JE PARLE À DES ÊTRES VIRTUELS ! JE SUIS EN PLEIN RÊVE ! OUI ! C'EST ÇA ! UN RÊVE ! JE DOIS ME RÉVEILLER !
PAF !
AÏE !
C'EST BIEN RÉEL ! OOH ! LE DÉLIRE !
TU AS MAL, PETIT MAÎTRE ?
LAISSE-LE FAIRE, PHALINE ! CE SONT DES RITES MAGIQUES. ÇA NOUS DÉPASSE. LE MAÎTRE SAIT CE QU'IL FAIT !
OUI, JE SAIS CE QUE JE FAIS !
JE VAIS VOUS RENVOYER CHEZ VOUS !
OUI, C'EST CE QUE JE VAIS FAIRE ! MAIS MA TÉLÉ EST COMPLÈTEMENT DÉTRUITE ! COMMENT REBRANCHER LE JEU ?

COMMENT JE POURRAIS FAIRE ? IL ME FAUDRAIT UN AUTRE POSTE... MAIS OUI ! CELUI DU SALON ! J'AI DÉJÀ JOUÉ DESSUS !
TOUT LE MONDE EST COUCHÉ ! C'EST LE MOMENT ! EN PRIANT LE CIEL POUR QUE CES DEUX-LÀ SOIENT DISCRETS !
CHHT ! PAS UN BRUIT ! PAS UN MOT !
O.K. ! AU BOULOT ! ÇA DEVRAIT ÊTRE VITE FAIT !
C'EST BON ! APPROCHEZ-VOUS !
REGARDEZ BIEN ! ET TAISEZ-VOUS !
OUI, PETIT MAÎTRE !
NIVEAU 7

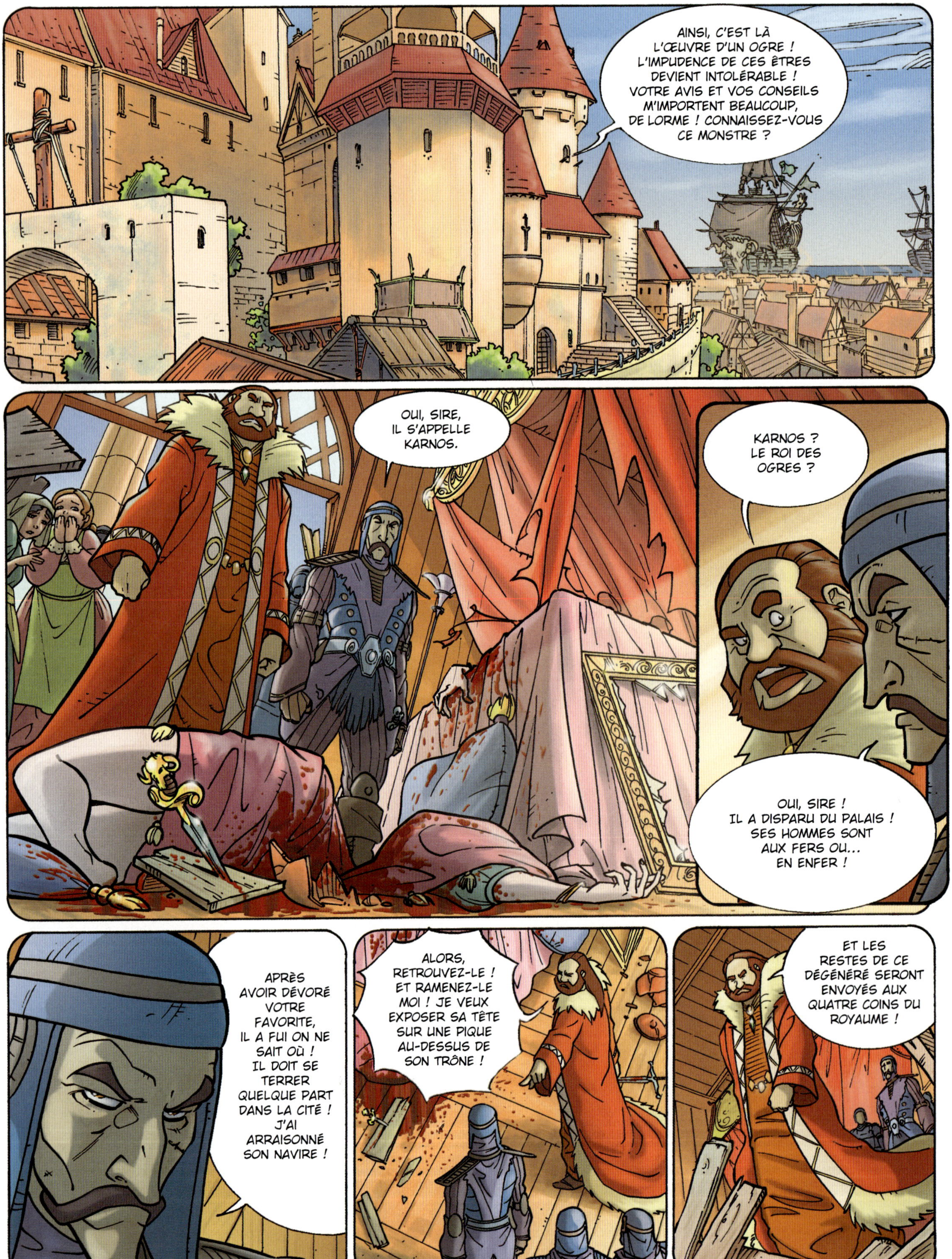
AINSI, C'EST LÀ L'ŒUVRE D'UN OGRE ! L'IMPUDENCE DE CES ÊTRES DEVIENT INTOLÉRABLE ! VOTRE AVIS ET VOS CONSEILS M'IMPORTENT BEAUCOUP, DE LORME ! CONNAISSEZ-VOUS CE MONSTRE ?
OUI, SIRE, IL S'APPELLE KARNOS.
KARNOS ? LE ROI DES OGRES ?
OUI, SIRE ! IL A DISPARU DU PALAIS ! SES HOMMES SONT AUX FERS OU... EN ENFER !
APRÈS AVOIR DÉVORÉ VOTRE FAVORITE, IL A FUI ON NE SAIT OÙ ! IL DOIT SE TERRER QUELQUE PART DANS LA CITÉ ! J'AI ARRAISONNÉ SON NAVIRE !
ALORS, RETROUVEZ-LE ! ET RAMENEZ-LE MOI ! JE VEUX EXPOSER SA TÊTE SUR UNE PIQUE AU-DESSUS DE SON TRÔNE !
ET LES RESTES DE CE DÉGÉNÉRÉ SERONT ENVOYÉS AUX QUATRE COINS DU ROYAUME !

VOUS AVEZ ENTENDU, VOUS AUTRES ? AU TRAVAIL ! FOUILLEZ LA CITÉ ET RETROUVEZ KARNOS !
QUANT À VOUS, RASSEMBLEZ LES PAUVRES RESTES DE LA PRINCESSE PHALINE !
LE PALAIS EST EN GRAND DEUIL. LES FUNÉRAILLES AURONT LIEU DEMAIN !
PRESS PLAY
TU AS MANGÉ LA PRINCESSE PHALINE ?
MAIS NON ! JE N'AI PAS EU LE TEMPS !
MAIS ?!? PHALINE, C'EST MOI ! QUI A DONC ÉTÉ DÉVORÉ DANS MA CHAMBRE ?
ET PAR QUI, PUISQUE KARNOS ÉTAIT AVEC VOUS ?
LA LUMIÈRE ! ELLE FAIBLIT ! IL ME FAUT DE LA CHAIR FRAÎCHE !
MANGER ? ENCORE !
C'EST LE PROBLÈME AVEC LES OGRES !

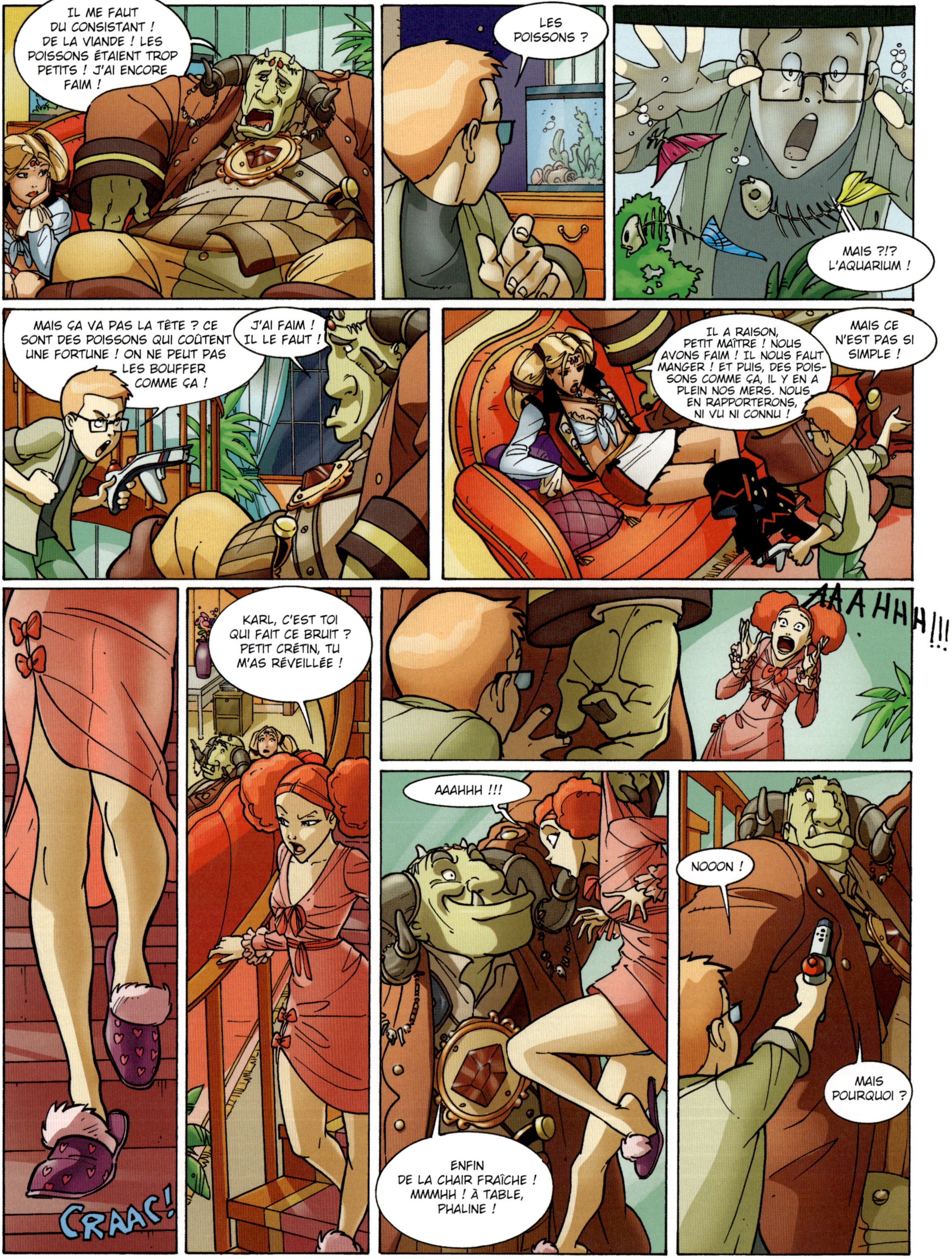
IL ME FAUT DU CONSISTANT ! DE LA VIANDE ! LES POISSONS ÉTAIENT TROP PETITS ! J'AI ENCORE FAIM !
LES POISSONS ?
MAIS ?!? L'AQUARIUM !
MAIS ÇA VA PAS LA TÊTE ? CE SONT DES POISSONS QUI COÛTENT UNE FORTUNE ! ON NE PEUT PAS LES BOUFFER COMME ÇA !
J'AI FAIM ! IL LE FAUT !
IL A RAISON, PETIT MAÎTRE ! NOUS AVONS FAIM ! IL NOUS FAUT MANGER ! ET PUIS, DES POISSONS COMME ÇA, IL Y EN A PLEIN NOS MERS. NOUS EN RAPPORTERONS, NI VU NI CONNU !
MAIS CE N'EST PAS SI SIMPLE !
CRAAC!
KARL, C'EST TOI QUI FAIT CE BRUIT ? PETIT CRÉTIN, TU M'AS RÉVEILLÉE !
AAAHHH!!!
AAAHHH !!!
ENFIN DE LA CHAIR FRAÎCHE ! MMMHH ! À TABLE, PHALINE !
NOOON !
MAIS POURQUOI ?

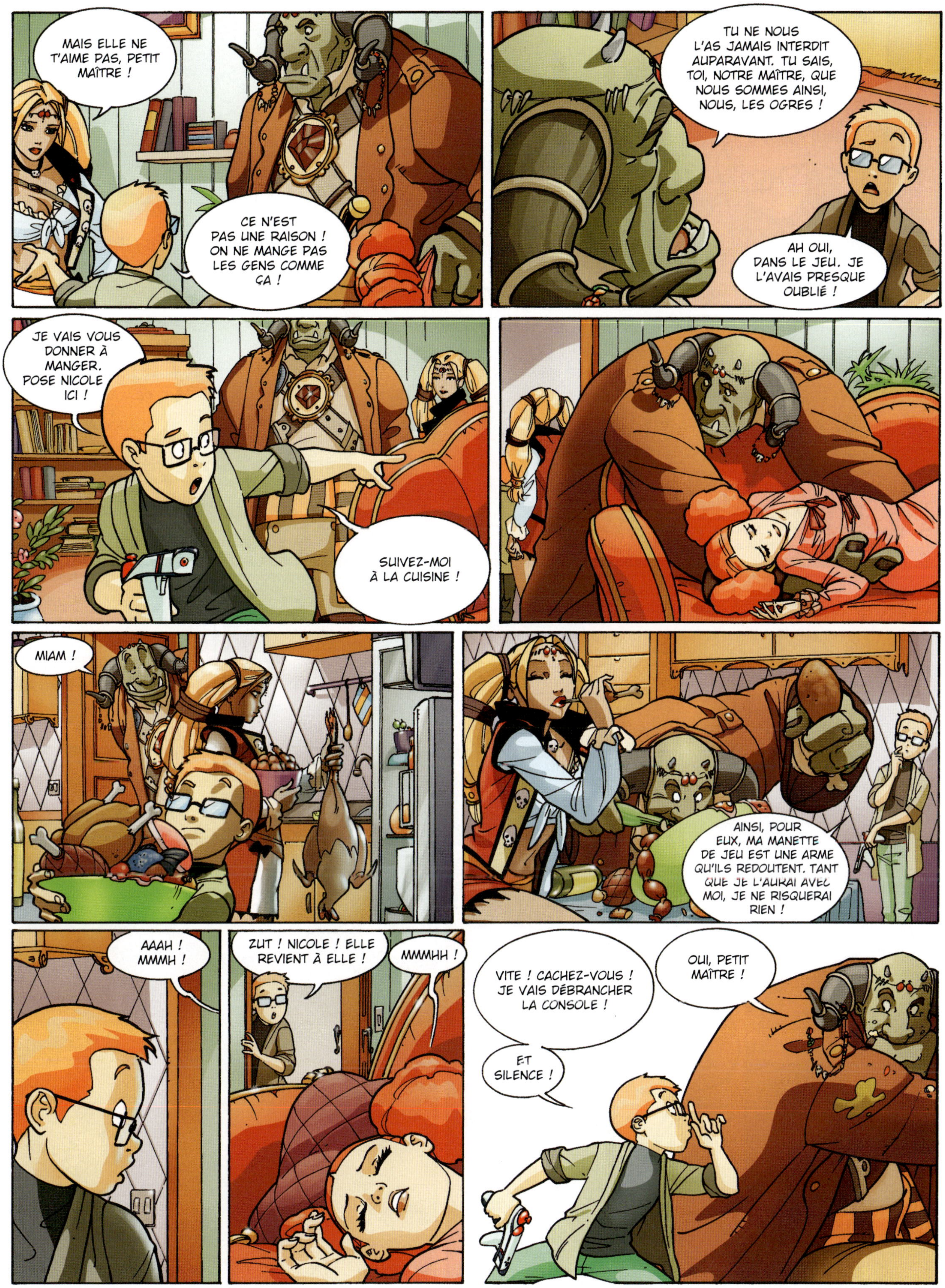
MAIS ELLE NE T'AIME PAS, PETIT MAÎTRE !
CE N'EST PAS UNE RAISON ! ON NE MANGE PAS LES GENS COMME ÇA !
TU NE NOUS L'AS JAMAIS INTERDIT AUPARAVANT. TU SAIS, TOI, NOTRE MAÎTRE, QUE NOUS SOMMES AINSI, NOUS, LES OGRES !
AH OUI, DANS LE JEU. JE L'AVAIS PRESQUE OUBLIÉ !
JE VAIS VOUS DONNER À MANGER. POSE NICOLE ICI !
SUIVEZ-MOI À LA CUISINE !
MIAM !
AINSI, POUR EUX, MA MANETTE DE JEU EST UNE ARME QU'ILS REDOUTENT. TANT QUE JE L'AURAI AVEC MOI, JE NE RISQUERAI RIEN !
AAAH ! MMMH !
ZUT ! NICOLE ! ELLE REVIENT À ELLE !
MMMHH !
VITE ! CACHEZ-VOUS ! JE VAIS DÉBRANCHER LA CONSOLE !
ET SILENCE !
OUI, PETIT MAÎTRE !

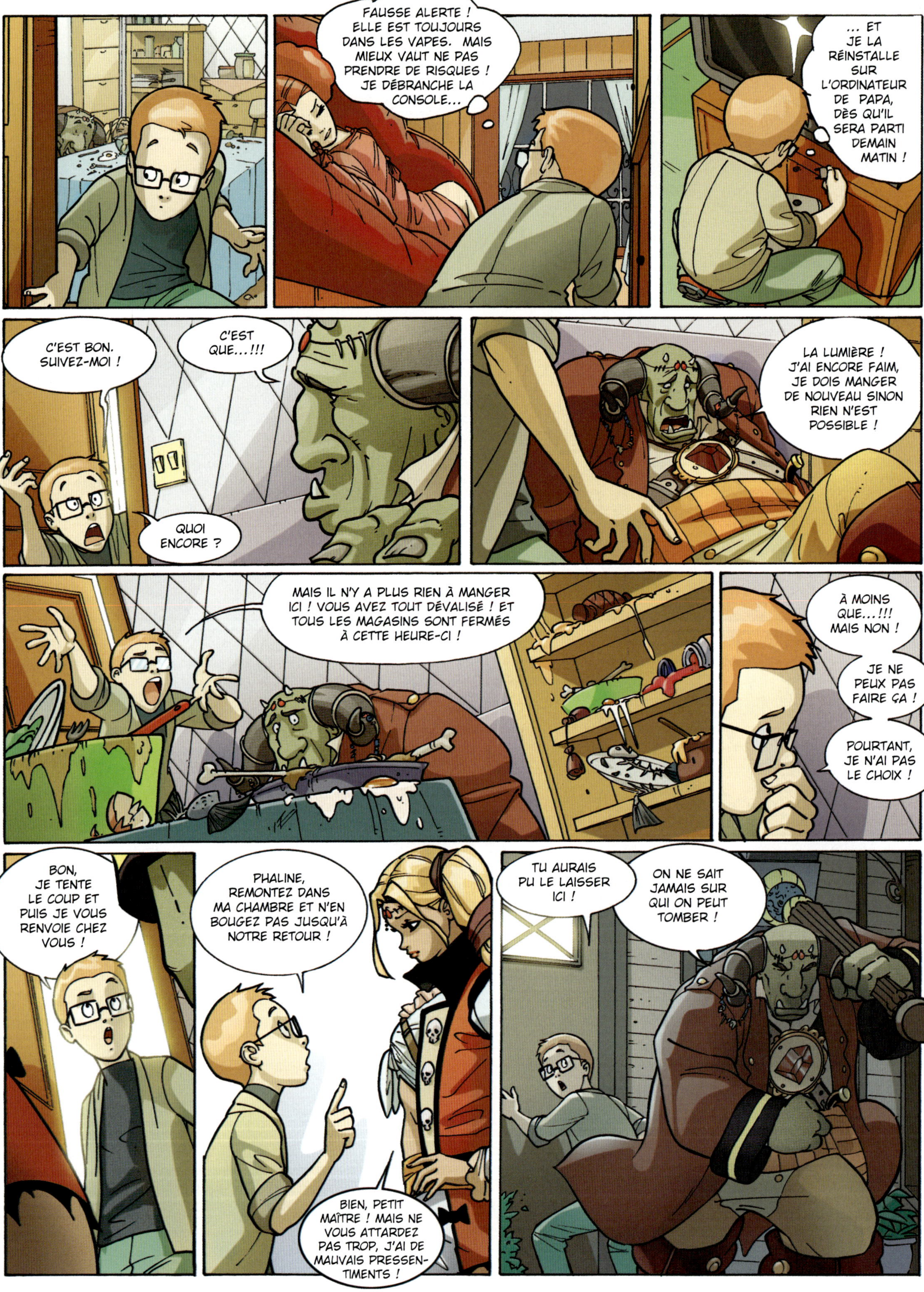
FAUSSE ALERTE ! ELLE EST TOUJOURS DANS LES VAPES. MAIS MIEUX VAUT NE PAS PRENDRE DE RISQUES ! JE DÉBRANCHE LA CONSOLE...
... ET JE LA RÉINSTALLE SUR L'ORDINATEUR DE PAPA, DÈS QU'IL SERA PARTI DEMAIN MATIN !
C'EST BON. SUIVEZ-MOI !
C'EST QUE...!!!
QUOI ENCORE ?
LA LUMIÈRE ! J'AI ENCORE FAIM, JE DOIS MANGER DE NOUVEAU SINON RIEN N'EST POSSIBLE !
MAIS IL N'Y A PLUS RIEN À MANGER ICI ! VOUS AVEZ TOUT DÉVALISÉ ! ET TOUS LES MAGASINS SONT FERMÉS À CETTE HEURE-CI !
À MOINS QUE...!!! MAIS NON !
JE NE PEUX PAS FAIRE ÇA !
POURTANT, JE N'AI PAS LE CHOIX !
BON, JE TENTE LE COUP ET PUIS JE VOUS RENVOIE CHEZ VOUS !
PHALINE, REMONTEZ DANS MA CHAMBRE ET N'EN BOUGEZ PAS JUSQU'À NOTRE RETOUR !
BIEN, PETIT MAÎTRE ! MAIS NE VOUS ATTARDEZ PAS TROP, J'AI DE MAUVAIS PRESSENTIMENTS !
TU AURAIS PU LE LAISSER ICI !
ON NE SAIT JAMAIS SUR QUI ON PEUT TOMBER !

OH, TU SAIS, ON RENCONTRE RAREMENT DES MONSTRES, ICI !
AH !
EH ! LÀ ! ENFIN, JE VAIS POUVOIR RÉCUPÉRER UN PEU D'ÉNERGIE !
MA
DE L'ÉNERGIE ? OÙ ÇA ? COMMENT ÇA ?
KRANG !
EH ! NON !
BLENG !
C'EST PAS VRAI !
ON N'EST PAS DANS LE JEU, ICI ! ON EST DANS LA RÉALITÉ ! TU COMPRENDS ? LA RÉALITÉ !
MAIS CHEZ MOI AUSSI C'EST LA RÉALITÉ !
OUI, BIEN SÛR ! ALLEZ, ON DÉGAGE D'ICI AVANT QUE D'AUTRES ENNUIS N'ARRIVENT !

MARKET
BEUARK ! TU AURAIS PU PATIENTER UN PEU ! ON Y EST PRESQUE !
KIAII !
SURTOUT QUE CE N'EST PAS LA NOURRITURE QUI MANQUE, ICI !
C'EST PLUS DIFFICILE QUE JE CROYAIS !
C'EST VRAIMENT DE LA CAMELOTE, CES TRUCS FAITS EN CHINE !
LES FLICS ! VITE ! PARTONS !
HEY, REGARDEZ ! IL Y A DU MONDE, LÀ-BAS !
POLICE

CE DOIT ÊTRE DES GAMINS DU QUARTIER. ATTRAPEZ-LES !
SALES GOSSES !
POLICE
PRENDS PAR LA GAUCHE, ON VA LES COINCER EN TENAILLE !
O.K. !
TOI, MON GAILLARD, TU ES FAIT !
RENDS-TOI, PETIT MORVEUX ! TU NE FAIS PAS LE POIDS !
SPAF !
ÇA VA, TONIO ?
MMGNM !

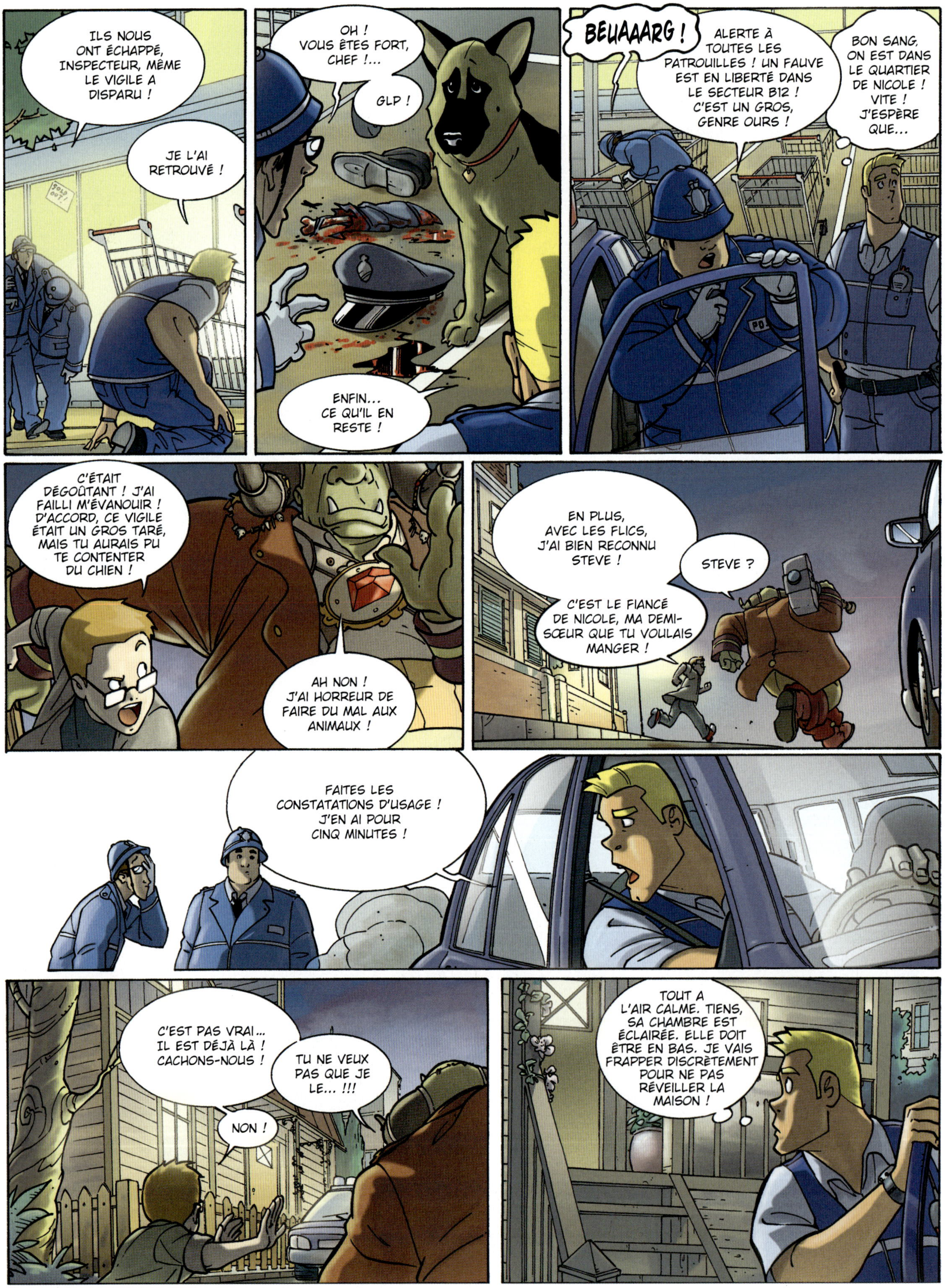
ILS NOUS ONT ÉCHAPPÉ, INSPECTEUR, MÊME LE VIGILE A DISPARU !
JE L'AI RETROUVÉ !
OH ! VOUS ÊTES FORT, CHEF !...
GLP !
ENFIN... CE QU'IL EN RESTE !
BEUAAARG !
ALERTE À TOUTES LES PATROUILLES ! UN FAUVE EST EN LIBERTÉ DANS LE SECTEUR B12 ! C'EST UN GROS, GENRE OURS !
BON SANG, ON EST DANS LE QUARTIER DE NICOLE ! VITE ! J'ESPÈRE QUE...
C'ÉTAIT DÉGOÛTANT ! J'AI FAILLI M'ÉVANOUIR ! D'ACCORD, CE VIGILE ÉTAIT UN GROS TARÉ, MAIS TU AURAIS PU TE CONTENTER DU CHIEN !
AH NON ! J'AI HORREUR DE FAIRE DU MAL AUX ANIMAUX !
EN PLUS, AVEC LES FLICS, J'AI BIEN RECONNU STEVE !
STEVE ?
C'EST LE FIANCÉ DE NICOLE, MA DEMI-SŒUR QUE TU VOULAIS MANGER !
FAITES LES CONSTATATIONS D'USAGE ! J'EN AI POUR CINQ MINUTES !
C'EST PAS VRAI... IL EST DÉJÀ LÀ ! CACHONS-NOUS !
TU NE VEUX PAS QUE JE LE... !!!
NON !
TOUT A L'AIR CALME. TIENS, SA CHAMBRE EST ÉCLAIRÉE. ELLE DOIT ÊTRE EN BAS. JE VAIS FRAPPER DISCRÈTEMENT POUR NE PAS RÉVEILLER LA MAISON !

TAP
TAP
TAP
HEU... AH, VOUS N'ÊTES PAS NICOLE ! VOUS ÊTES UNE DE SES COPINES ? SYMPA, LE LOOK GOTHIQUE ! NICOLE EST LÀ ? JE PEUX LA VOIR ?
MMMH ! MMH !
QUE RACONTES-TU, BEAU GUERRIER ? C'EST PAS TRÈS CLAIR !
ON ATTEND LE PETIT MAÎTRE ET ON EN REPARLE !
AOUCH !
VITE ! ENTREZ À L'INTÉRIEUR ! IL Y A EU ASSEZ DE DÉGÂTS COMME ÇA !
OUI, PETIT MAÎTRE !
AU POINT OÙ J'EN SUIS, JE PEUX BIEN TENTER CETTE MANŒUVRE, ET PUIS, SI ÇA RATE, J'ÉMIGRE EN PATAGONIE !
DÉSOLÉ ! MAIS J'Y SUIS CONTRAINT !
NON, PETIT MAÎTRE !
FLASHHH !

IIIIIKK!!!
CRUNCH !
OH NON ! C'EST VRAIMENT DÉGUEU !
C'EST PAS VRAI ! LE CAUCHEMAR CONTINUE ! J'AI ÉTÉ TRANSPORTÉ, MOI AUSSI !
TIENS !? JE CONNAIS CE GOÛT. CE FUMET DE RAT ME DIT QUELQUE CHOSE !
MARRE ! MARRE ! MARRE ! JE VEUX QUE TOUT ÇA S'ARRÊTE ! JE VEUX RENTRER CHEZ MOI !
BON SANG D'HOMME... MAIS !
ON EST SUR MON NAVIRE ! BRAVO, PETIT MAÎTRE ! TU ES VRAIMENT UN GRAND MAGICIEN !
SUPER ! EH BIEN, IL Y EN A AU MOINS UN QUI EST CONTENT !
OH ! VENEZ VOIR ! C'EST ÉTRANGE...

LA CITADELLE !
IL FAUT QUE JE FASSE QUELQUE CHOSE. JE NE PEUX PAS RESTER LÀ ! SI ÇA MARCHE DANS UN SENS, ÇA DOIT MARCHER DANS L'AUTRE !
DE TOUTE FAÇON, JE NE RISQUE PLUS RIEN.
À LA MAISON, ÇA DOIT ÊTRE LA RÉVOLUTION ! POURVU QUE J'ARRIVE AVANT LE RÉVEIL DE TOUT LE MONDE !
OH NON... ÇA NE FONCTIONNE PAS !
IL A TOUT DE MÊME DE CURIEUX RITES POUR UN GRAND MAGICIEN.
ET VOILÀ ! JE SUIS COINCÉ ICI AVEC UN OGRE ET SA FILLE ET JE NE SAIS MÊME PAS CE QUE JE DOIS FAIRE !
IL Y A DEUX GARDES SUR LE PONT ! D'APRÈS CE QU'ILS RACONTENT, TOUT L'ÉQUIPAGE EST EMPRISONNÉ DANS LA CITÉ ! ET SANS MES HOMMES, IMPOSSIBLE DE MANŒUVRER LE NAVIRE !
DONC, LA SEULE SOLUTION, C'EST D'ALLER LES DÉLIVRER !
NOUS TROIS ? MAIS C'EST DE LA FOLIE !
TA MAGIE NOUS PROTÉGERA, PETIT MAÎTRE.
C'EST CALME.
OUAIS ! ENCORE UNE HEURE ET C'EST LA RELÈVE. VIVEMENT MON LIT !

ALLEZ ! GRIMPEZ DANS LA PREMIÈRE CHALOUPE ! JE ME CHARGE DE VOUS FAIRE DESCENDRE !
CAP SUR LA PETITE CRIQUE, LÀ-BAS ! LE PORT COMMENCE À SE RÉVEILLER. AUTANT ÊTRE DISCRETS !
DANS QUOI J'AI ATTERRI, MOI ? ET TOUT ÇA À CAUSE DE CE JEU ! MAINTENANT, C'EST FOUTU ! HELEN DOIT ÊTRE RÉVEILLÉE !
MON DIEU ! MAIS QU'EST-CE QUI S'EST PASSÉ ?! MA PAUVRE PETITE FILLE ! NOUS AVONS ÉTÉ CAMBRIOLÉS ! OH, MA PAUVRE CHÉRIE !
RASSURE-TOI, M'MAN. JE N'AI RIEN.
QUI A FAIT ÇA ? TU LES AS VUS ?
NON ! NON ! JE N'AI PAS EU LE TEMPS ! ILS ÉTAIENT DANS LA CUISINE !
MA CUISINE ! COMPLÈTEMENT DÉVASTÉE !!! MAIS C'EST UN CYCLONE QUI EST PASSÉ PAR ICI ! IL N'Y A PLUS RIEN !
IL Y A QUELQU'UN À LA PORTE !
STEVE ??! MAIS QUE FAIS-TU ICI ? TU T'ES BATTU !
IL FAUDRAIT PLUTÔT LE DEMANDER À TA COPINE DÉGUISÉE ! C'EST ELLE QUI M'A FAIT ÇA ! MAIS HEUREUSEMENT, TOI, TU N'ES PAS BLESSÉE !
MA COPINE ?

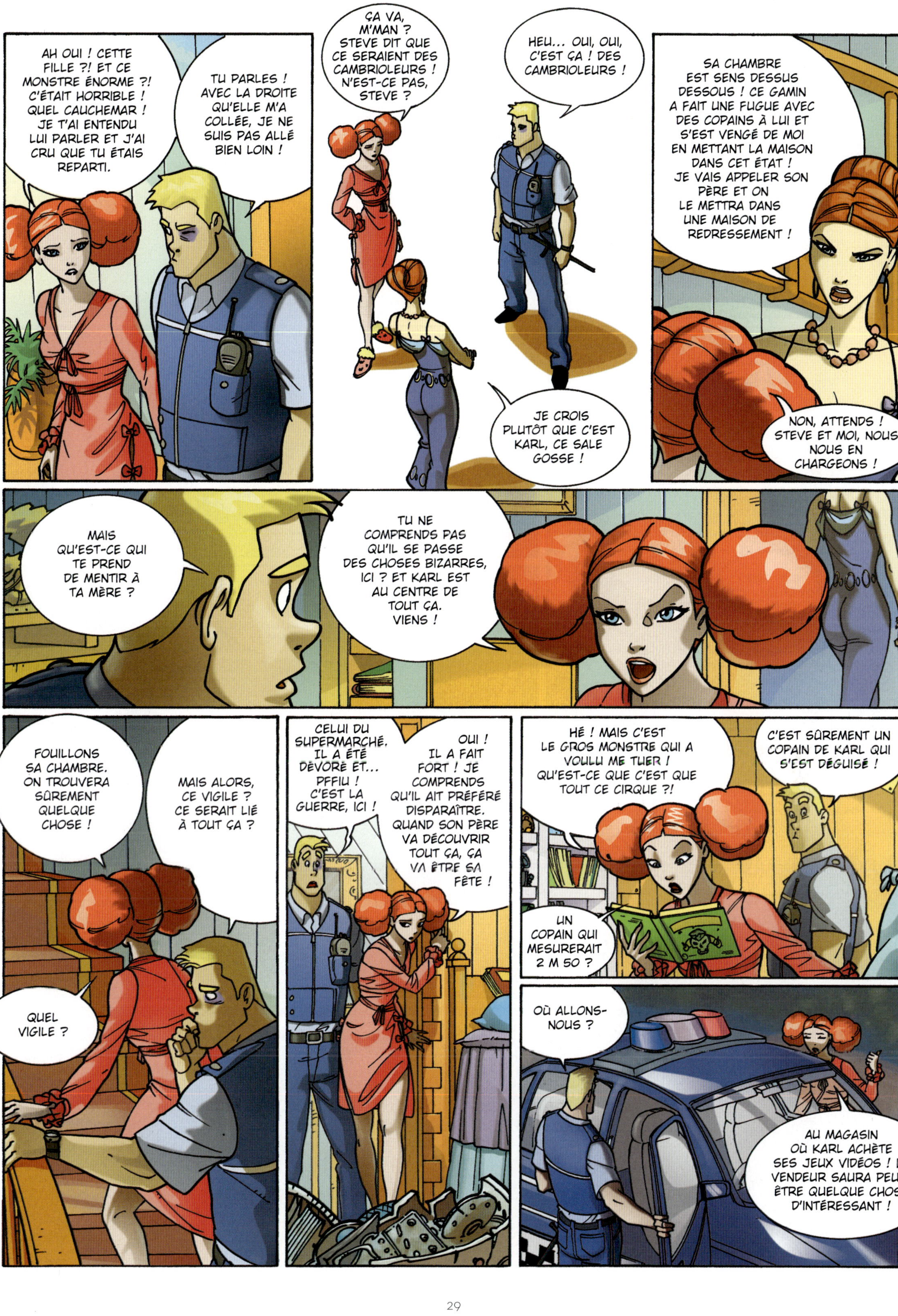

AH OUI ! CETTE FILLE ?! ET CE MONSTRE ÉNORME ?! C'ÉTAIT HORRIBLE ! QUEL CAUCHEMAR ! JE T'AI ENTENDU LUI PARLER ET J'AI CRU QUE TU ÉTAIS REPARTI.
TU PARLES ! AVEC LA DROITE QU'ELLE M'A COLLÉE, JE NE SUIS PAS ALLÉ BIEN LOIN !
ÇA VA, M'MAN ? STEVE DIT QUE CE SERAIENT DES CAMBRIOLEURS ! N'EST-CE PAS, STEVE ?
HEU... OUI, OUI, C'EST ÇA ! DES CAMBRIOLEURS !
JE CROIS PLUTÔT QUE C'EST KARL, CE SALE GOSSE !
SA CHAMBRE EST SENS DESSUS DESSOUS ! CE GAMIN A FAIT UNE FUGUE AVEC DES COPAINS À LUI ET S'EST VENGÉ DE MOI EN METTANT LA MAISON DANS CET ÉTAT ! JE VAIS APPELER SON PÈRE ET ON LE METTRA DANS UNE MAISON DE REDRESSEMENT !
NON, ATTENDS ! STEVE ET MOI, NOUS NOUS EN CHARGEONS !
MAIS QU'EST-CE QUI TE PREND DE MENTIR À TA MÈRE ?
TU NE COMPRENDS PAS QU'IL SE PASSE DES CHOSES BIZARRES, ICI ? ET KARL EST AU CENTRE DE TOUT ÇA. VIENS !
FOUILLONS SA CHAMBRE. ON TROUVERA SÛREMENT QUELQUE CHOSE !
MAIS ALORS, CE VIGILE ? CE SERAIT LIÉ À TOUT ÇA ?
QUEL VIGILE ?
CELUI DU SUPERMARCHÉ. IL A ÉTÉ DÉVORÉ ET... PFFIU ! C'EST LA GUERRE, ICI !
OUI ! IL A FAIT FORT ! JE COMPRENDS QU'IL AIT PRÉFÉRÉ DISPARAÎTRE. QUAND SON PÈRE VA DÉCOUVRIR TOUT ÇA, ÇA VA ÊTRE SA FÊTE !
HÉ ! MAIS C'EST LE GROS MONSTRE QUI A VOULU ME TUER ! QU'EST-CE QUE C'EST QUE TOUT CE CIRQUE ?!
C'EST SÛREMENT UN COPAIN DE KARL QUI S'EST DÉGUISÉ !
UN COPAIN QUI MESURERAIT 2 M 50 ?
OÙ ALLONS-NOUS ?
AU MAGASIN OÙ KARL ACHÈTE SES JEUX VIDÉOS ! LE VENDEUR SAURA PEUT-ÊTRE QUELQUE CHOSE D'INTÉRESSANT !

PFF ! QUELLE CHALEUR ! J'EN PEUX PLUS !
TU NE DEVRAIS PAS ENLEVER TES BRASSIÈRES. CE N'EST PAS RÉGLEMENTAIRE.
OUAIS ! SI LE CHEF ARRIVE... EN CE MOMENT, IL N'EST PAS FACILE AVEC CET OGRE EN FUITE !
TIENS ! QUAND ON PARLE DU LOUP...
ÉCARTEZ-VOUS ! C'EST DANGEREUX ! NE RESTEZ PAS LÀ !
BON SANG ! C'EST LUI ! C'EST L'OGRE QU'ON RECHERCHE !
ON A CAPTURÉ CE MONSTRE PENDANT SON SOMMEIL. NOUS VENONS LE LIVRER À VOS CHEFS.
IL EST BIEN ATTACHÉ, AU MOINS ?!
AUCUNE CRAINTE ! NOTRE PÈRE EST PÊCHEUR, ON SAIT FAIRE LES NŒUDS !
OÙ EST VOTRE CHEF ? ON LUI DONNE LE PRISONNIER EN ÉCHANGE DE LA PRIME !
FACILE. JE VAIS VOUS MONTRER.
C'EST JUSTE À L'ANGLE DE LA RUE À GAUCHE ! DE TOUTE FAÇON, ON VOUS ESCORTE !
GNAP !
AAAAAAH!!!
SALOPERIE, IL A BOUFFÉ EMILIO !
TUONS-LE !
À MORT !

AH, BRAVO POUR LA DISCRÉTION !
TU POURRAIS RÉFRÉNER TES INSTINCTS, QUAND MÊME !
À VOULOIR RUSER, VOILÀ OÙ ÇA NOUS MÈNE ! ON AURAIT DÛ FAIRE À MON IDÉE ! ON PASSAIT EN FORCE ET...
... ET ON ÉTAIT POURSUIVIS ! COMME MAINTENANT. BEAU RÉSULTAT !
ET ON VA OÙ ? VOUS CONNAISSEZ LA VILLE ?
NON !
MOI SI. JE VOUS RAPPELLE QUE J'AI ÉTÉ ÉLEVÉE ICI !
ON VA SE TROUVER UN ENDROIT DISCRET JUSQU'À CE SOIR.
ON N'A PAS VRAIMENT LA MÊME DÉFINITION DU MOT "DISCRET".
SI MES SOUVENIRS SONT BONS, ON ARRIVE SUR LA PLACE DU...
... GIBET !
?!?
ILS ONT OSÉ !

LE BORGNE, CAFARD, LA MÉDUSE, TRIPLE PATTES, BABA ! ILS LES ONT TOUS PENDUS !
MÊME BALLE D'ARGENT ET LE GAMIN ! ILS N'ONT EU AUCUNE PITIÉ !
JE VAIS VOUS VENGER, COMPAGNONS ! JE VAIS RASER CETTE CITÉ ET JE BOUFFERAI LA CERVELLE D'ÉLIAN DANS SON PROPRE CRÂNE !
KARNOS ! LES VOILÀ ! ILS SONT PLUS NOMBREUX QUE NOUS, FUYONS !
À TES ORDRES, PETIT MAÎTRE !
MAIS JURE-MOI QU'ON REVIENDRA EN FORCE POUR LES MASSACRER !
OUI, OUI ! ON VERRA !
ÇA CRAINT DE PLUS EN PLUS CETTE HISTOIRE. JE DOIS VRAIMENT TROUVER LE MOYEN DE RENTRER !
PAR LÀ, VITE ! ON PEUT ENCORE LES SEMER !
JE CONNAIS CE PASSAGE POUR L'AVOIR SOUVENT EMPRUNTÉ EN DOUCE.
MAIS À L'ÉPOQUE, IL Y AVAIT UNE BARQUE.
ALLONS, ALLONS ! NE FAISONS PAS LES DIFFICILES ! UN BON BAIN PARFUMÉ, C'EST TELLEMENT AGRÉABLE !

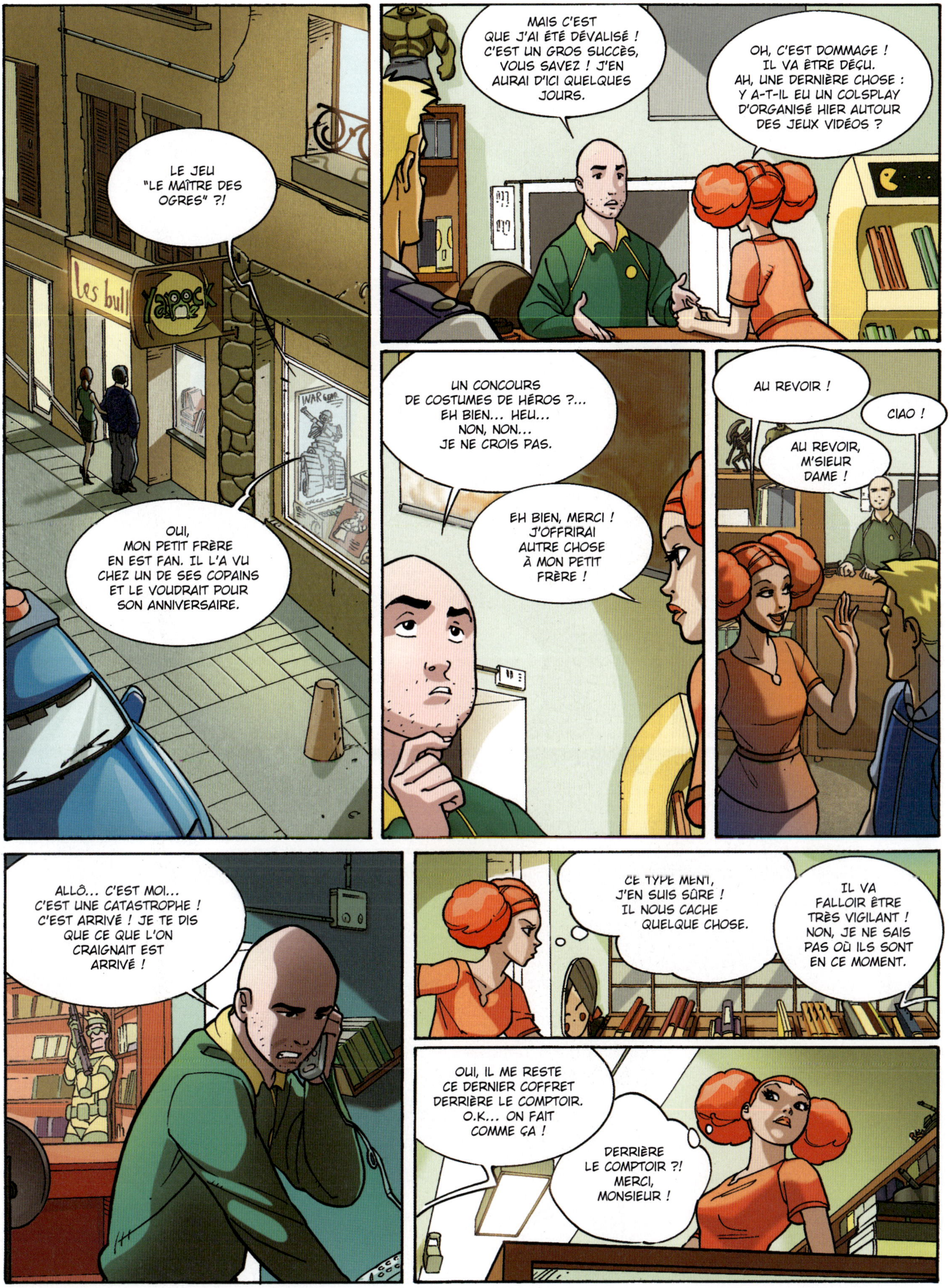
LE JEU "LE MAÎTRE DES OGRES" ?!
OUI, MON PETIT FRÈRE EN EST FAN. IL L'A VU CHEZ UN DE SES COPAINS ET LE VOUDRAIT POUR SON ANNIVERSAIRE.
MAIS C'EST QUE J'AI ÉTÉ DÉVALISÉ ! C'EST UN GROS SUCCÈS, VOUS SAVEZ ! J'EN AURAI D'ICI QUELQUES JOURS.
OH, C'EST DOMMAGE ! IL VA ÊTRE DÉÇU. AH, UNE DERNIÈRE CHOSE : Y A-T-IL EU UN COLSPLAY D'ORGANISÉ HIER AUTOUR DES JEUX VIDÉOS ?
UN CONCOURS DE COSTUMES DE HÉROS ?... EH BIEN... HEU... NON, NON... JE NE CROIS PAS.
EH BIEN, MERCI ! J'OFFRIRAI AUTRE CHOSE À MON PETIT FRÈRE !
AU REVOIR !
CIAO !
AU REVOIR, M'SIEUR DAME !
ALLÔ... C'EST MOI... C'EST UNE CATASTROPHE ! C'EST ARRIVÉ ! JE TE DIS QUE CE QUE L'ON CRAIGNAIT EST ARRIVÉ !
CE TYPE MENT, J'EN SUIS SÛRE ! IL NOUS CACHE QUELQUE CHOSE.
IL VA FALLOIR ÊTRE TRÈS VIGILANT ! NON, JE NE SAIS PAS OÙ ILS SONT EN CE MOMENT.
OUI, IL ME RESTE CE DERNIER COFFRET DERRIÈRE LE COMPTOIR. O.K... ON FAIT COMME ÇA !
DERRIÈRE LE COMPTOIR ?! MERCI, MONSIEUR !

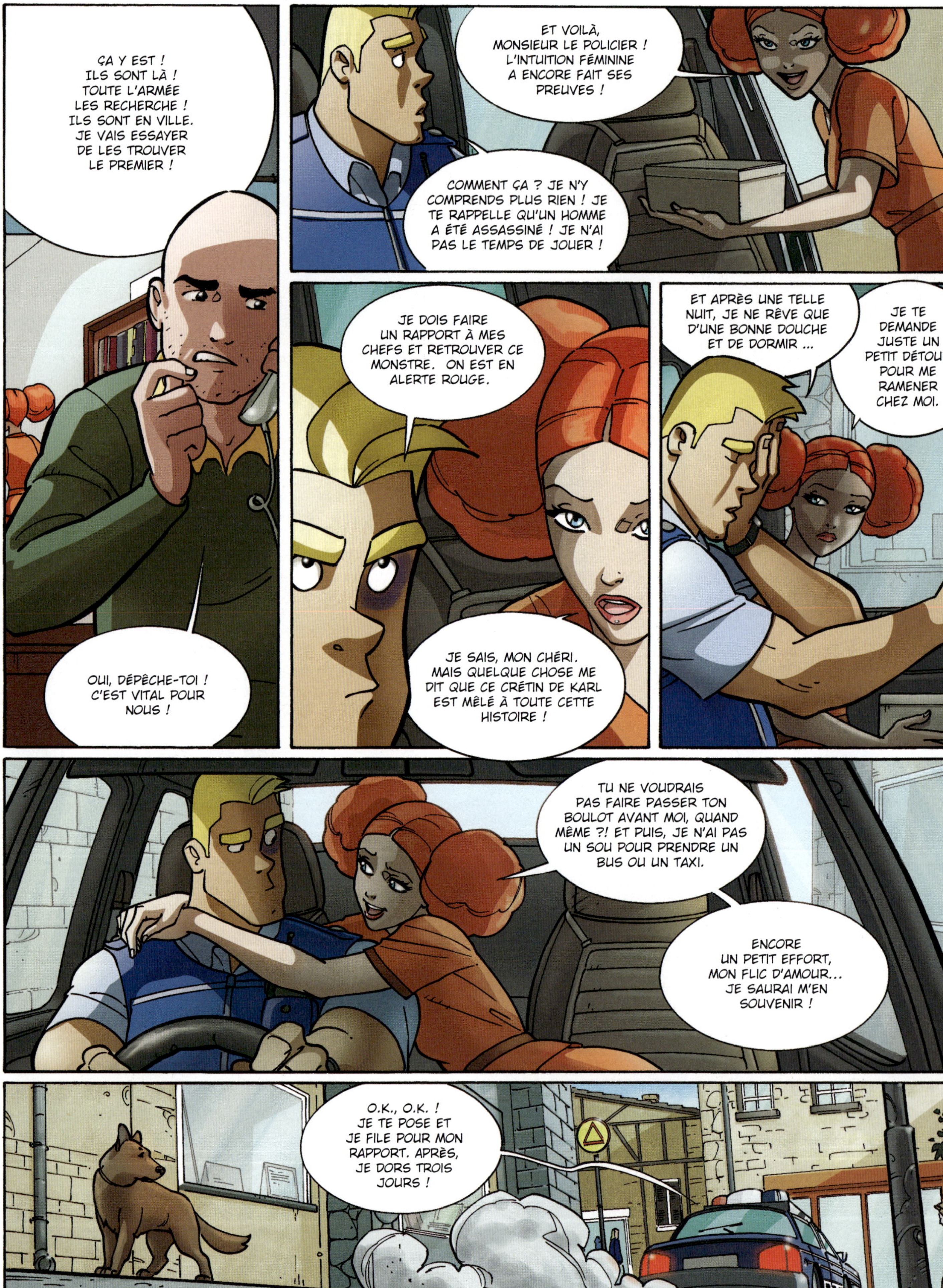
ÇA Y EST ! ILS SONT LÀ ! TOUTE L'ARMÉE LES RECHERCHE ! ILS SONT EN VILLE. JE VAIS ESSAYER DE LES TROUVER LE PREMIER !
OUI, DÉPÊCHE-TOI ! C'EST VITAL POUR NOUS !
ET VOILÀ, MONSIEUR LE POLICIER ! L'INTUITION FÉMININE A ENCORE FAIT SES PREUVES !
COMMENT ÇA ? JE N'Y COMPRENDS PLUS RIEN ! JE TE RAPPELLE QU'UN HOMME A ÉTÉ ASSASSINÉ ! JE N'AI PAS LE TEMPS DE JOUER !
JE DOIS FAIRE UN RAPPORT À MES CHEFS ET RETROUVER CE MONSTRE. ON EST EN ALERTE ROUGE.
JE SAIS, MON CHÉRI. MAIS QUELQUE CHOSE ME DIT QUE CE CRÉTIN DE KARL EST MÊLÉ À TOUTE CETTE HISTOIRE !
ET APRÈS UNE TELLE NUIT, JE NE RÊVE QUE D'UNE BONNE DOUCHE ET DE DORMIR ...
JE TE DEMANDE JUSTE UN PETIT DÉTOUR POUR ME RAMENER CHEZ MOI.
TU NE VOUDRAIS PAS FAIRE PASSER TON BOULOT AVANT MOI, QUAND MÊME ?! ET PUIS, JE N'AI PAS UN SOU POUR PRENDRE UN BUS OU UN TAXI.
ENCORE UN PETIT EFFORT, MON FLIC D'AMOUR... JE SAURAI M'EN SOUVENIR !
O.K., O.K. ! JE TE POSE ET JE FILE POUR MON RAPPORT. APRÈS, JE DORS TROIS JOURS !

EH BIEN, VOUS VOYEZ QUE CE N'ÉTAIT PAS DIFFICILE ! CE NAVIRE EST TRÈS MANIABLE. MESSIEURS, LES VENTS NOUS SONT FAVORABLES ! CAP SUR L'ÎLE DES OS !
MAINTENANT, TÂCHONS DE CONVAINCRE CETTE NOIX CREUSE À QUI NOUS SOMMES ALLIÉS !
KATRAN, MON AMI ! NOUS ALLONS FAIRE UN BEAU VOYAGE ENSEMBLE ! APRÈS CINQ ANS DANS NOS GEÔLES, TU VAS RETROUVER LE BON AIR DE LA TERRE DE TES ANCÊTRES ! REGARDE, LA MER EST BELLE ET LES CALES SONT PLEINES DE BÉTAIL !
JE SUIS TROP BON, KATRAN ! J'AI DÉCIDÉ DE TE GRACIER, MAIS À CERTAINES CONDITIONS ! TU RECONNAIS CE NAVIRE ? C'EST CELUI DE TON CHER COUSIN. IL EST EN FUITE MAIS NOUS ALLONS BIENTÔT EN FINIR AVEC LUI ! ET TOI, TU MONTES SUR SON TRÔNE EN SUIVANT MES ORDRES !
KARNOS ! KARNOS ! AAARRGH ! ROOOAARR !
REMETTEZ CET ABRUTI AUX FERS ! ET DONNEZ-LUI UN OU DEUX MOUTONS, ÇA LE CALMERA !
RRAAAAAR !!

ON Y EST PRESQUE ! AU BOUT, IL Y A UNE GRILLE, MAIS LA SERRURE EST CASSÉE DEPUIS LONGTEMPS !
IL ÉTAIT TEMPS ! CES ODEURS SONT INSUPPORTABLES !
ET LES RATS SONT IMMANGEABLES !
UN PETIT RÉGIME TE FERAIT DU BIEN, MON PETIT PAPA.
MMPFF !
ON DIRAIT QU'IL Y A DU MONDE, LÀ-BAS !
SÛREMENT DES PAYSANS !
RESTONS MÉFIANTS ! JE VOUS RAPPELLE QUE MA TÊTE EST MISE À PRIX !
EH BIEN, ALLONS-Y EN DOUCEUR, ÇA NOUS CHANGERA !
CE SONT DES TRAFIQUANTS ! LE GRAND BRUN EST UN HABITUÉ DU PALAIS. IL TRAITE AVEC ÉLIAN.
AH OUI ! DES TRAFIQUANTS D'ESCLAVES ! C'EST PRÉVU DANS LE JEU !
LE JEU ? CE N'EST PAS UN JEU, PETIT MAÎTRE !
CE SONT DES EXPRESSIONS DE MAGICIEN !
AH ! D'ACCORD !
UN OGRE, UNE POULICHE ET UN JEUNE COQ, LA CUEILLETTE EST BONNE !
ON VA RÉCOLTER UNE FORTUNE SUR LE MARCHÉ !

ET PUIS ÇA, C'EST DU LOURD ! ÇA VA NOUS RAPPORTER GROS !
ET ÇA, C'EST DE LA BONNE MARCHANDISE POUR LES TAVERNES DE L'OUEST ! LES MARINS VONT ÊTRE CONTENTS !
VOUS NE DEVRIEZ PAS PARLER COMME ÇA DE MA FILLE !
EEH !!!
AOUCH !
SPAF !
ALERTE !
QUE... ?!!
IL EN ARRIVE DE PARTOUT !
COURAGE, PETIT MAÎTRE ! ON VA ÉCRASER TOUTES CES PUNAISES !
UN PEU MOUS, CES GUERRIERS !
ET MÊME PAS COMESTIBLES ! ÇA, C'EST DE LA VIANDE QUI A TROP COURU !
ÉCOUTEZ ! LÀ, IL EN RESTE !
MMMHH !

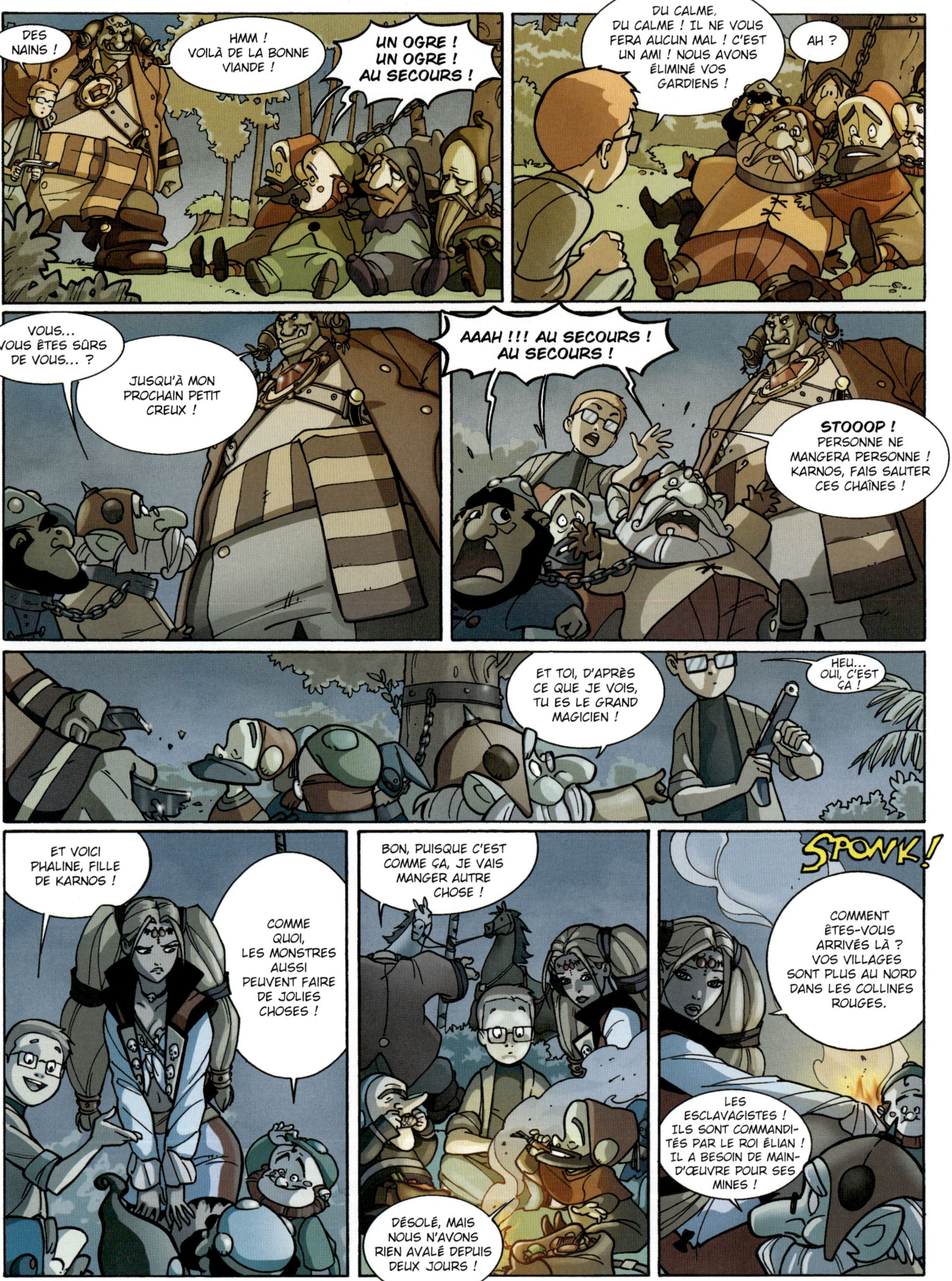

DES NAINS !
HMM ! VOILÀ DE LA BONNE VIANDE !
UN OGRE ! UN OGRE ! AU SECOURS !
DU CALME, DU CALME ! IL NE VOUS FERA AUCUN MAL ! C'EST UN AMI ! NOUS AVONS ÉLIMINÉ VOS GARDIENS !
AH ?
VOUS... VOUS ÊTES SÛRS DE VOUS... ?
JUSQU'À MON PROCHAIN PETIT CREUX !
AAAH !!! AU SECOURS ! AU SECOURS !
STOOOP ! PERSONNE NE MANGERA PERSONNE ! KARNOS, FAIS SAUTER CES CHAÎNES !
ET TOI, D'APRÈS CE QUE JE VOIS, TU ES LE GRAND MAGICIEN !
HEU... OUI, C'EST ÇA !
ET VOICI PHALINE, FILLE DE KARNOS !
COMME QUOI, LES MONSTRES AUSSI PEUVENT FAIRE DE JOLIES CHOSES !
BON, PUISQUE C'EST COMME ÇA, JE VAIS MANGER AUTRE CHOSE !
DÉSOLÉ, MAIS NOUS N'AVONS RIEN AVALÉ DEPUIS DEUX JOURS !
SPOWK !
COMMENT ÊTES-VOUS ARRIVÉS LÀ ? VOS VILLAGES SONT PLUS AU NORD DANS LES COLLINES ROUGES.
LES ESCLAVAGISTES ! ILS SONT COMMANDITÉS PAR LE ROI ÉLIAN ! IL A BESOIN DE MAIN-D'ŒUVRE POUR SES MINES !

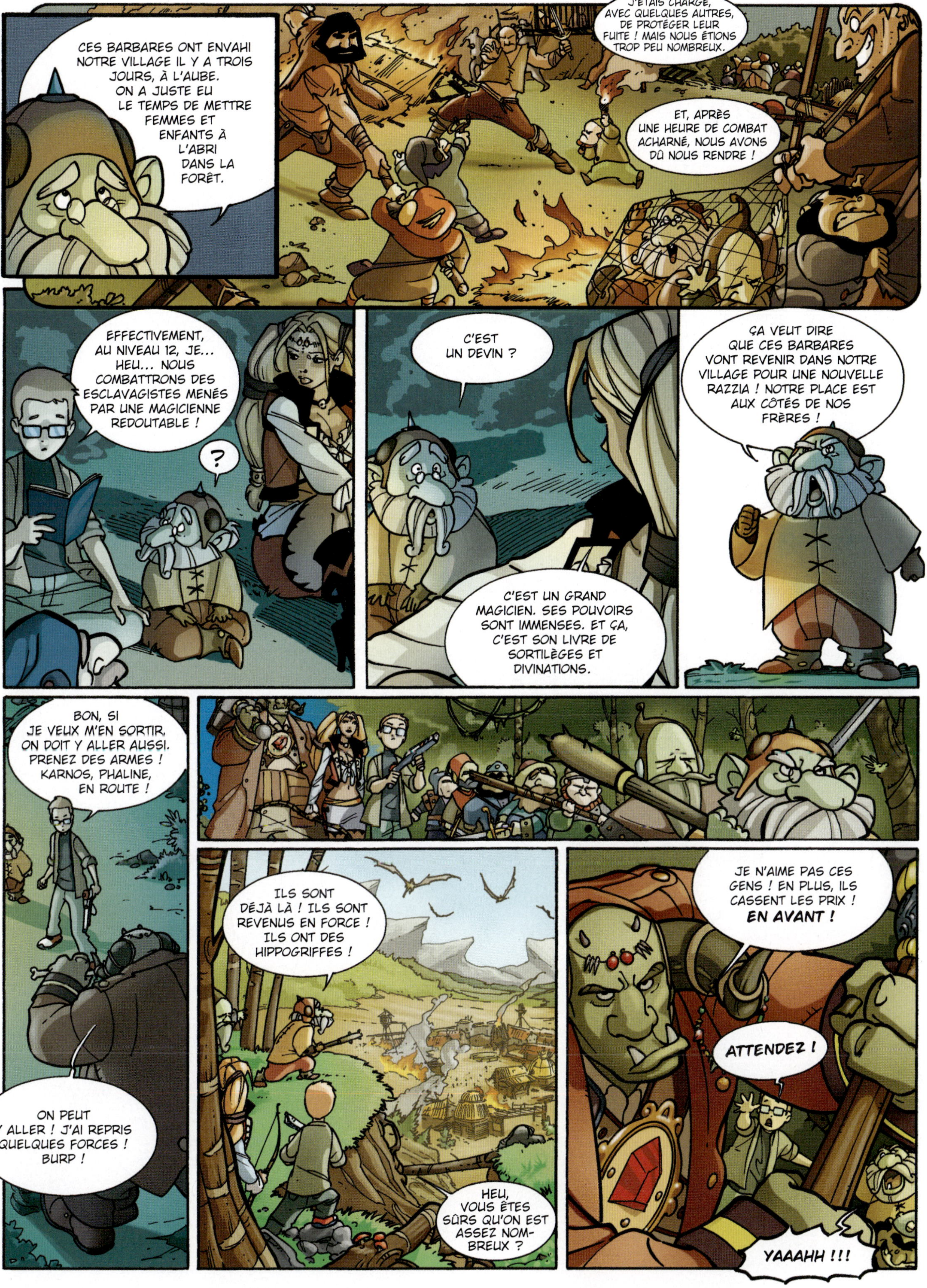

CES BARBARES ONT ENVAHI NOTRE VILLAGE IL Y A TROIS JOURS, À L'AUBE. ON A JUSTE EU LE TEMPS DE METTRE FEMMES ET ENFANTS À L'ABRI DANS LA FORÊT.
J'ÉTAIS CHARGÉ, AVEC QUELQUES AUTRES, DE PROTÉGER LEUR FUITE ! MAIS NOUS ÉTIONS TROP PEU NOMBREUX.
ET, APRÈS UNE HEURE DE COMBAT ACHARNÉ, NOUS AVONS DÛ NOUS RENDRE !
EFFECTIVEMENT, AU NIVEAU 12, JE... HEU... NOUS COMBATTRONS DES ESCLAVAGISTES MENÉS PAR UNE MAGICIENNE REDOUTABLE !
?
C'EST UN DEVIN ?
C'EST UN GRAND MAGICIEN. SES POUVOIRS SONT IMMENSES. ET ÇA, C'EST SON LIVRE DE SORTILÈGES ET DIVINATIONS.
ÇA VEUT DIRE QUE CES BARBARES VONT REVENIR DANS NOTRE VILLAGE POUR UNE NOUVELLE RAZZIA ! NOTRE PLACE EST AUX CÔTÉS DE NOS FRÈRES !
BON, SI JE VEUX M'EN SORTIR, ON DOIT Y ALLER AUSSI. PRENEZ DES ARMES ! KARNOS, PHALINE, EN ROUTE !
ON PEUT Y ALLER ! J'AI REPRIS QUELQUES FORCES ! BURP !
ILS SONT DÉJÀ LÀ ! ILS SONT REVENUS EN FORCE ! ILS ONT DES HIPPOGRIFFES !
HEU, VOUS ÊTES SÛRS QU'ON EST ASSEZ NOMBREUX ?
JE N'AIME PAS CES GENS ! EN PLUS, ILS CASSENT LES PRIX ! **EN AVANT !**
ATTENDEZ !
YAAAHH !!!

LE GRAND KARNOS EN PERSONNE ! HEUREUSE DE TE RETROUVER, BARBARE !
MOI PAS, HARPIE !
ET JE N'AIME PAS TA BESTIOLE NON PLUS !
UNE SEULE PIQÛRE DE CETTE COCHONNERIE ET JE SUIS BON POUR SALUER MAGHÔT* !
* DIEU DES OGRES
RHAN !
VRANK !
AAAAHH !
JE TE RAMÈNERAI VIVANT, KARNOS ! VIVANT, MAIS AFFAIBLI !
TU SERAS PLUS DOUX QU'UN NOURRISSON ! ET SUR LA PLACE DE LA CITÉ, TU SERAS LE PLUS CHER DE MES ESCLAVES !
HEY !

GRRR...
DU CALME, MON GRAND ! LE TEMPS DE SE DÉBARRASSER DE TES AMIS ET NOUS PARTIRONS EN AMOUREUX !
KARNOS ! IL S'EST FAIT AVOIR !
AAAÏE !
MA DAGUE ! JE L'AI PERDUE !
JOLI LOT ! ELLE VA NOUS RAPPORTER GROS !
TU AS RAISON. N'ABÎMONS PAS TROP LA MARCHANDISE !
KRAAAK!
DU LARGE, BANDE DE RATS !
HO ! HO ! ON SE REBELLE !
ON VA T'APPRENDRE LES BONNES MANIÈRES, MA BELLE !

NOUS AUSSI, NOUS AVONS DES POUVOIRS ! ON NE SERT PAS UNE MAGICIENNE SANS PETITS AVANTAGES ! LE FEU NOUS EST INDIFFÉRENT, MA JOLIE !
AAAH !!!
MAIS TU N'ES PAS PROTÉGÉ CONTRE ÇA !
J'ADORE CE TRUC ! C'EST GÉNIAL !
VITE ! IL FAUT DÉLIVRER KARNOS !
AAAH !
OUTCH !
TCHAC ! PAF ! DEUX DE MOINS !
REMUEZ-VOUS, TAS DE LARVES ! BALAYEZ-MOI CETTE CHIENLIT !
OH ! OH ! DES SOUCIS, BEAUTÉ ?
TA MARCHANDISE RÉSISTE PLUS QUE PRÉVU ! TES HOMMES SONT DÉPASSÉS PAR LES ÉVÉNEMENTS !
NE T'INQUIÈTE PAS, KARNOS ! NOUS ALLONS PARTIR TOUS LES DEUX EN LUNE DE MIEL. QU'IMPORTENT TOUS CES INSECTES !

BOUGE PAS ! PAS UN GESTE ! TU N'IRAS NULLE PART !
TU N'AS AUCUNE CHANCE AVEC LUI ! LES OGRES PRÉFÈRENT LES BLONDES !
BRAVO, GRAND MAGICIEN ! LA PREMIÈRE MANCHE EST POUR TOI ! TU AS CHOISI TON CAMP !
MAIS CE N'EST PAS FINI. JE TE DONNE RENDEZ-VOUS BIENTÔT !
TIRE, PETIT MAÎTRE ! TIRE !
BEN HEU...
J'AI PAS PU...
ÇA NE FAIT RIEN ! TOUS SES SORTILÈGES ONT DISPARU AVEC ELLE ! ON LA RETROUVERA !
OUAIS ! ON A GAGNÉ ! JE SUIS TROP FORT À CE JEU !
DU CALME, PETIT MAÎTRE, CE N'EST PAS UN JEU POUR TOUT LE MONDE !
LA BATAILLE A FAIT DES DÉGÂTS CHEZ NOS AMIS !
JE CROIS QUE J'AIME MOINS CE JEU, D'UN COUP !
JE VEUX RENTRER CHEZ MOI, MAINTENANT ! JE N'AI PLUS ENVIE DE JOUER !
NOUS SOMMES TOUS FATIGUÉS, PETIT MAÎTRE. DEMAIN, NOUS Y VERRONS PLUS CLAIR.
PHALINE A RAISON. RASSEMBLONS TOUT LE MONDE. NOUS PASSERONS LA NUIT ICI, ET DEMAIN, NOUS QUITTERONS TOUS LE VILLAGE.

VRAIMENT, JE NE PENSAIS PAS LA REVOIR SI TÔT !
LA MAGICIENNE ?
ELLE S'APPELLE ALTHÉA. ELLE A DE GRANDS POUVOIRS QU'ELLE MET AU SERVICE DES CAUSES LES PLUS BASSES. JE L'AI DÉJÀ AFFRONTÉE IL Y A QUELQUES ANNÉES !
C'EST L'UN DES PERSONNAGES QUE L'ON PEUT CHOISIR POUR JOUER ! IL Y AURAIT DONC UN AUTRE JOUEUR, ET JE DOIS LE COMBATTRE ! GÉNIAL, COMME SI JE N'AVAIS PAS ASSEZ D'ENNUIS COMME ÇA... !
TU AS DIT QUE NOUS QUITTIONS LE VILLAGE DEMAIN. MAIS POUR ALLER OÙ ?
JE DOIS ALLER DANS MON ÎLE, RETROUVER MON TRÔNE ! J'AI BEAUCOUP DE RIVAUX LÀ-BAS QUI CONVOITENT MON TITRE !
MAIS... ET EUX ? ILS NE PEUVENT PAS NOUS ACCOMPAGNER, C'EST TROP DANGEREUX !
C'EST VRAI QUE MES SUJETS LES TROUVERAIENT APPÉTISSANTS !
VOUS NE POUVEZ PAS RESTER ICI ! LES ESCLAVAGISTES VONT REVENIR PLUS NOMBREUX ET PLUS FORTS ! CONNAISSEZ-VOUS UN ENDROIT SÛR ?
NOS COUSINS DE LA MONTAGNE NOUS ACCUEILLERONT ! ESCORTEZ-NOUS LÀ-BAS ! VOTRE RÉCOMPENSE SERA CONSÉQUENTE !
PAS QUESTION ! JE DOIS RETROUVER MON ROYAUME !
NOUS LES ESCORTERONS, KARNOS ! C'EST UN ORDRE !
OUI, PETIT MAÎTRE ! SI TU LE DIS !

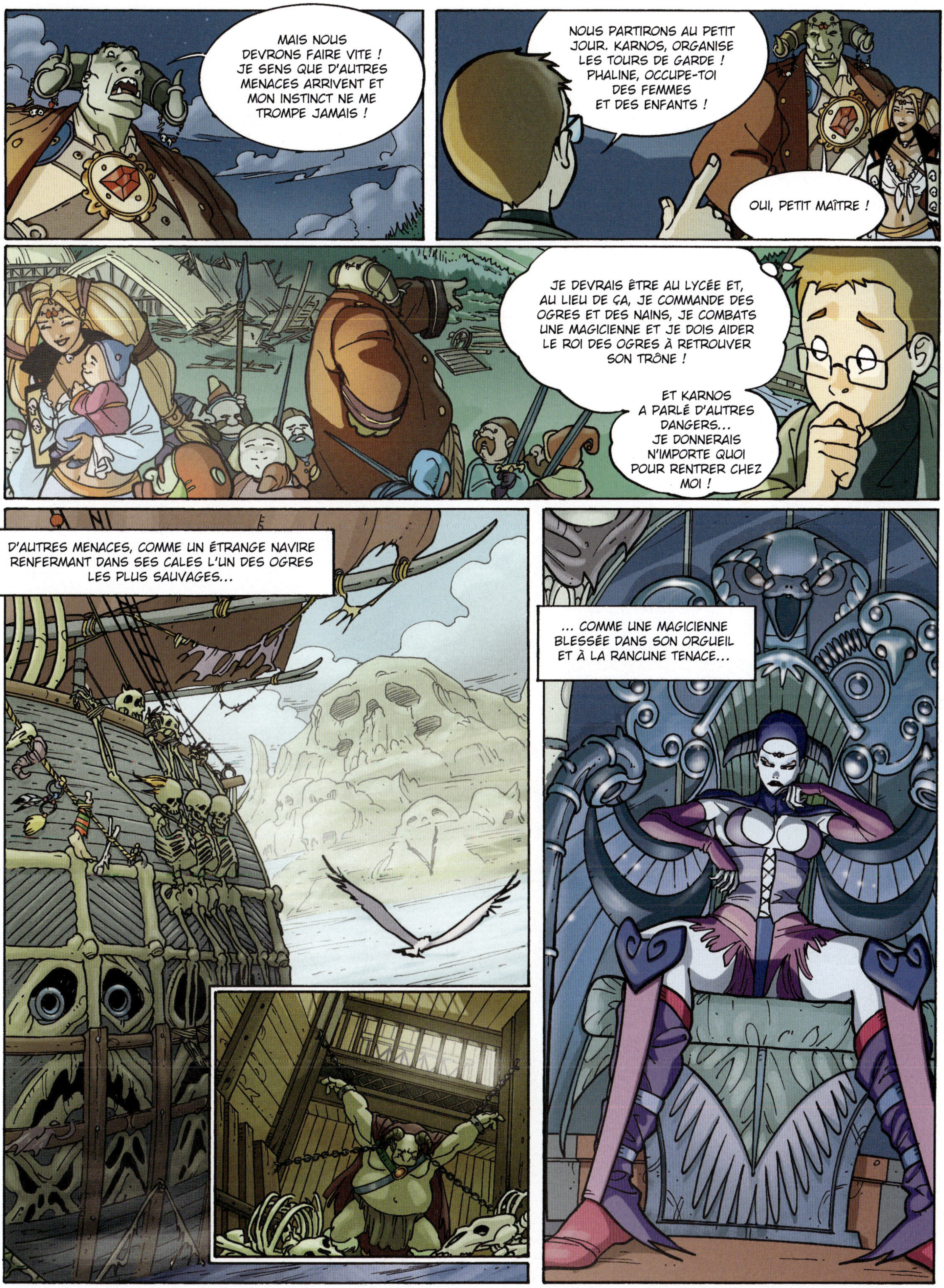

MAIS NOUS DEVRONS FAIRE VITE ! JE SENS QUE D'AUTRES MENACES ARRIVENT ET MON INSTINCT NE ME TROMPE JAMAIS !
NOUS PARTIRONS AU PETIT JOUR. KARNOS, ORGANISE LES TOURS DE GARDE ! PHALINE, OCCUPE-TOI DES FEMMES ET DES ENFANTS !
OUI, PETIT MAÎTRE !
JE DEVRAIS ÊTRE AU LYCÉE ET, AU LIEU DE ÇA, JE COMMANDE DES OGRES ET DES NAINS, JE COMBATS UNE MAGICIENNE ET JE DOIS AIDER LE ROI DES OGRES À RETROUVER SON TRÔNE !
ET KARNOS A PARLÉ D'AUTRES DANGERS... JE DONNERAIS N'IMPORTE QUOI POUR RENTRER CHEZ MOI !
D'AUTRES MENACES, COMME UN ÉTRANGE NAVIRE RENFERMANT DANS SES CALES L'UN DES OGRES LES PLUS SAUVAGES...
... COMME UNE MAGICIENNE BLESSÉE DANS SON ORGUEIL ET À LA RANCUNE TENACE...

... OU COMME UNE JOUEUSE DEVANT SON ÉCRAN !
SCORE: 0051
GAME OVER
AINSI, C'EST DONC SI SIMPLE ! LA PARTIE NE FAIT QUE COMMENCER... IL SUFFIT DE CHOISIR SON PERSONNAGE !